AF464322

SOURCES HISTORIQUES

DES

MAXIMES DE LA ROCHEFOUCAULD

THÈSE

PRÉSENTÉE

A L'UNIVERSITÉ DE HEIDELBERG

POUR OBTENIR LE GRADE DE DOCTEUR EN PHILOSOPHIE

PAR

LÉON EHRHARD.

STRASBOURG
IMPRIMERIE E. BAUER, GRAND'RUE, 101
1891.

SOURCES HISTORIQUES

DES

MAXIMES DE LA ROCHEFOUCAULD

THÈSE

PRÉSENTÉE

A L'UNIVERSITÉ DE HEIDELBERG

POUR OBTENIR LE GRADE DE DOCTEUR EN PHILOSOPHIE

PAR

LÉON EHRHARD.

STRASBOURG

IMPRIMERIE E. BAUER, GRAND'RUE 101

1891.

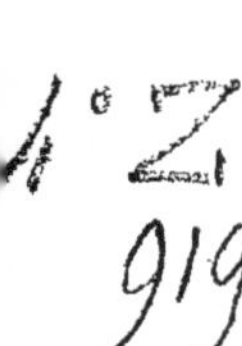

SOURCES HISTORIQUES

DES

MAXIMES DE LA ROCHEFOUCAULD

Ce qui caractérise la période classique de la littérature française au XVIIe siècle, c'est la tendance à étudier les hommes placés dans des circonstances particulières pour tirer des conclusions générales, se rapportant aux hommes de tous les âges et de tous les pays. On observe certains personnages dans leur individualité, on remarque leurs vices, leurs faiblesses, leurs penchants, et l'on attribue ces vices, ces faiblesses, ces penchants à l'humanité entière. « A côté des traits, dit l'auteur d'un ouvrage sur Molière, paru récemment en France, qui donnent aux acteurs de ses comédies une individualité frappante, derrière certains détails, qui nous montrent en eux des Français du grand siècle, et quelquefois Molière lui-même, nous apercevons les caractères essentiels et immuables de la nature humaine. Les faiblesses et les vices que le poète observait chez les sujets du roi Louis XIV sont ceux que l'on rencontre à toutes les époques et dans tous les pays. Molière a su remplir la tâche de tout grand poète, il a élargi et agrandi la réalité; dans les hommes et dans les choses qui passent, il a saisi la vérité éternelle.[1] »

Tel est aussi le caractère des *Réflexions, Sentences et Maximes morales* de La Rochefoucauld. L'auteur lui-même avoue qu'il a remarqué « les défauts de l'esprit et du cœur de la plupart du monde et que ceux qui ne le connaissent que par là pourraient penser qu'il a tous ces défauts, comme s'il avait fait son portrait.[2] » Il a vu agir les hommes, il a examiné le mobile de leurs actions, il a sondé les replis du cœur humain, et dans le livre des *Maximes* il communique le résultat

---

[1] Auguste Ehrhard : *Les Comédies de Molière en Allemagne*, p. 418.

[2] *Entretien de La Rochefoucauld avec le chevalier de Méré sur la recherche du bonheur. Œuvres complètes de La Rochefoucauld*, édit. Chassang, tome II, p. 344.

de ses observations. Ce qu'il a vu ne lui semble plus la manière d'agir d'un ou de plusieurs hommes; il procède par induction, il fait abstraction des individus et donne à ses pensées une portée générale. « Le meilleur parti que le lecteur ait à prendre, est de se mettre d'abord dans l'esprit qu'il n'y a aucune de ces maximes qui le regarde en particulier, et qu'il en est seul excepté, bien qu'elles paraissent générales.[1] » Nous ne trouvons qu'une fois des noms propres: ceux de Condé et de Turenne; mais l'auteur ne veut pas porter de jugement sur ces deux grands hommes, ni parler de leurs exploits; il ne les cite que comme des types généraux, à la place desquels il aurait pu en choisir d'autres. « Ce traité, dit Madame de Sablé dans l'article qu'elle consacra aux *Maximes* dans le *Journal des Savants* du 9 mars 1665, et qui fut revu par La Rochefoucauld lui-même, est fort utile, parce qu'il découvre aux hommes les fausses idées qu'ils ont d'eux-mêmes; qu'il leur fait voir que, sans le christianisme, ils sont incapables de faire aucun bien qui ne soit mêlé d'imperfection, et que rien n'est plus avantageux que de se connaître tel qu'on est en effet, afin de n'être plus trompé par la fausse connaissance que l'on a toujours de soi-même. Il y a tant d'esprit dans cet ouvrage et une si grande pénétration pour démêler la variété des sentiments du cœur de l'homme, que toutes les personnes judicieuses y trouveront une infinité de choses fort utiles, qu'elles auraient peut-être ignorées toute leur vie, si l'auteur des *Maximes* ne les avait tirées du chaos, pour les mettre dans un jour, où aussi tout le monde les peut voir et les peut comprendre sans peine. » La première édition des *Maximes* était précédée d'un discours que les uns attribuent à Segrais, d'autres à Esprit, d'autres à La Chapelle. L'auteur du discours considère les *Maximes* « comme peinture ingénieuse de toutes les singeries du faux sage[2] », et il ajoute: « Il me semble que dans chaque trait l'amour de la vérité lui ôte le masque et le montre tel qu'il est. Je les regarde comme des leçons d'un maître qui entend parfaitement l'art de connaître les hommes, qui démêle admirablement bien tous les rôles qu'ils jouent dans le monde, et qui, non seulement nous fait prendre garde aux différents caractères des personnages du théâtre, mais encore qui nous fait voir, en levant un coin du rideau, que cet amant et ce roi de la comédie sont les mêmes acteurs qui font le docteur et le bouffon dans la farce. Je vous avoue que je n'ai rien lu de notre temps qui m'ait donné plus de mépris pour l'homme et plus de honte de ma propre vanité. Je pense toujours trouver à

[1] Préface de la première édition (1665).
[2] *Œuvres de La Rochefoucauld*, édition Gilbert, I, p. 369.

l'ouverture du livre quelque ressemblance aux mouvements secrets de mon cœur; je me tâte moi-même pour examiner s'il dit vrai, et je trouve qu'il le dit presque toujours et de moi et des autres, plus qu'on ne voudrait. »

Comme tout le monde pouvait voir dans les *Maximes* son propre portrait, l'impression qu'elles produisirent fut très différente. Tandis que Madame de Rohan les trouve « trop au-dessus des louanges », parce qu'« elles ont un sens si juste et si délicat », Madame de Lafayette est indignée « de la corruption qu'il faut avoir dans l'esprit et dans le cœur pour être capable d'imaginer tout cela.[1] » La Fontaine est plus calme. Il dédia à son ami La Rochefoucauld la fable: *L'Homme et son Image*, qu'il termine par les vers suivants:

> « On voit bien où je veux venir.
> Je parle à tous, et cette erreur extrême
> Est un mal que chacun se plaît d'entretenir.
> Notre âme, c'est cet homme amoureux de lui-même;
> Tant de miroirs, ce sont les sottises d'autrui,
> Miroirs, de nos défauts les peintres légitimes;
> Et quant au canal, c'est celui
> Que chacun sait: le livre des *Maximes*.[2] »

C'est précisément parce que La Rochefoucauld juge et critique non seulement ses contemporains, mais encore et surtout l'homme en général, l'homme de tous les pays et de toutes les époques, qu'il a toujours eu une place marquée dans l'histoire des grands écrivains. Voltaire dit du livre des *Maximes*: « Un des ouvrages qui contribuèrent le plus à former le goût de la nation et à lui donner un esprit de justesse et de précision, fut le petit recueil des *Maximes* de François, duc de La Rochefoucauld. Quoiqu'il n'y ait presque qu'une vérité dans ce livre, qui est que l'amour-propre est le mobile de tout, cependant cette pensée se présente sous tant d'aspects variés, qu'elle est presque toujours piquante; c'est moins un livre que des matériaux pour orner un livre. On lut avidement ce petit recueil: il accoutuma à penser, et à renfermer ses pensées dans un tour vif, précis et délicat. C'était un mérite que personne n'avait eu avant lui en Europe, depuis la renaissance des lettres.[3] »

---

[1] Voir les jugements des contemporains dans Godefroy: *Histoire de la Littérature française*. XVIIe siècle. *Prosateurs*, I, p. 270. — Gilbert: *Œuvres de La Rochefoucauld*, I, p. 371 et suivantes. — Chassang: *Œuvres complètes de La Rochefoucauld*, II, p. 485 et suivantes. — Rahstede: *Studien zu La Rochefoucauld's Leben und Werken*, p. 93.

[2] *Fables*, livre 1, fable XI.

[3] Voltaire: *Siècle de Louis XIV*, ch. XXXII, des Beaux-Arts.

L'ouvrage a été réimprimé souvent, et il n'y a pas de nation civilisée, qui ne possède une ou plusieurs éditions ou traductions du livre des *Maximes.*[1]

Notre but n'est pas d'examiner quelle est la valeur intrinsèque des Maximes, d'étudier le système philosophique de La Rochefoucauld, de relever les inexactitudes plus ou moins nombreuses qu'on pourrait trouver dans le petit recueil, de peser les expressions, en un mot, de faire la critique littéraire de l'auteur. Nous risquerions fort de nous attirer le reproche que faisait Sainte-Beuve à Édouard de Barthélemy, qui fit paraître en 1863 les *Œuvres inédites de La Rochefoucauld, publiées d'après les manuscrits conservés par la famille et précédées de l'histoire de sa vie:* « Je ne sais, dit l'auteur des *Lundis*, si beaucoup de gens sont comme moi, mais j'avoue que par moments je commence à en avoir assez de la littérature du XVIIe siècle. On en abuse depuis quelque temps; non qu'on puisse jamais nous en trop dire sur Molière, sur La Fontaine, sur Bossuet, sur Pascal, sur Madame de Sévigné, si ce sont des choses vraiment nouvelles qu'on nous apporte, soit des textes plus exacts, soit des documents biographiques plus certains: mais si ce sont des redites, des inutilités, des parties secondaires qu'on nous donne pour principales, des papiers de valeur purement historique qu'on exalte comme des chefs d'œuvre littéraires, ah! c'est différent; le goût se révolte ou se rebute: on se rejette ailleurs, on est rassasié.[2] »

Nous croyons *apporter une chose vraiment nouvelle* en recherchant les sources historiques des *Maximes*, les faits qui ont fourni la matière de ces sentences.

On sait de quelle façon elles ont été composées. Après toutes les déceptions que lui avait ménagées la Fronde, La Rochefoucauld, désabusé des hommes, avait renoncé à la vie politique et s'était retiré dans ses terres. Peu à peu il rentra en faveur à la cour; le roi lui accorda une pension de 8000 livres; sa fortune, qu'il avait sacrifiée pendant les troubles, se releva; il put mener jusqu'à la fin de ses jours une existence assez tranquille et jouir de l'*aurea mediocritas* du poète latin. Convaincu qu'il écrivait bien en prose[3], il se mit à écrire l'histoire de la Fronde, à laquelle il avait pris une si vive part. La société des gens d'esprit était le charme le plus agréable de sa retraite. « La conversation des honnêtes gens, dit-il aussi dans son *Portrait*, est un des plaisirs qui me touchent le plus. J'aime qu'elle soit sérieuse et que la morale en fasse la plus grande partie;

---

[1] Voir les différentes éditions et traductions des *Maximes* dans Rahstede, p. 155.
[2] Sainte-Beuve: *Nouveaux Lundis*, V, p. 371.
[3] *Portrait du duc de La Rochefoucauld, fait par lui-même*, édit. Gilbert, p. 8.

cependant je sais la goûter aussi quand elle est enjouée, et si je n'y dis pas beaucoup de petites choses pour rire, ce n'est pas du moins que je ne connaisse bien ce que valent les bagatelles bien dites, et que je ne trouve fort divertissante cette manière de badiner, où il y a certains esprits prompts et aisés qui réussissent si bien.[1] » Ces honnêtes gens, il les trouva au salon que Madame de Sablé avait ouvert dans sa retraite de Port-Royal.

L'entourage de La Rochefoucauld se composait entre autres de Madame de Sablé, de Madame de La Fayette, de Madame de Sévigné, d'Esprit, de Boileau, de d'Ailly, de Domat, de la maréchale de Schomberg, de Segrais.[2] C'est chez La Rochefoucauld que Corneille lut sa *Pulchérie*, que Molière fit connaître pour la première fois les *Femmes savantes.*[3] Dans le salon de Madame de Sablé on se plaisait à faire des sentences et des maximes. « L'hôtel de Rambouillet, dit V. Cousin, a particulièrement favorisé le genre épistolaire qu'un de ses plus anciens et plus illustres habitués, Balzac, a créé, et qu'une de ses dernières écolières, Madame de Sévigné, a porté à la perfection. Les réunions de Mademoiselle de Sandéry, et celles qui en sont sorties, ont cultivé avec passion la littérature légère et donné à Voiture une innombrable famille d'imitateurs plus ou moins heureux. Mademoiselle a mis à la mode les portraits et les caractères; Madame de Sablé y mit les maximes, les sentences, les réflexions, les pensées.[4] » Plus loin Cousin ajoute: « Il est indubitable que les *Maximes de La Rochefoucauld* sont sorties du salon de Madame de Sablé. La Rochefoucauld n'y a pas introduit le goût de ce genre d'occupation, il l'y a trouvé, et il a fait des maximes parce que tout le monde en faisait autour de lui.

[1] *Portrait du duc de La Rochefoucauld, fait par lui-même*, p. 7.

[2] Voir *Maximes de La Rochefoucauld*, premier texte.... précédé d'une préface par Alphonse Pauly, p. VIII. Godefroy: *Histoire de la Littérature française*, XVIIe siècle. *Prosateurs*, I, p. 276.

[3] *Madame de Sévigné*, édit. Monmerqué, II, p. 470 et 515. Vauvenargues: *Œuvres posthumes*, p. 80, croit que La Rochefoucauld s'est inspiré des *Femmes savantes*, en composant la Maxime 68. Cela n'est pas possible, puisque les *Femmes savantes* datent de 1672 et la première édition des *Maximes*, qui contenait déjà la Maxime 68, parut en 1665.

[4] Victor Cousin: *Madame de Sablé*, ch. II, p. 74. Lacour: *Réflexions ou Sentences et Maximes morales de La Rochefoucauld*, p. IV, explique ainsi la manière dont les sentences et maximes ont eu leur succès: Dans la famille l'imitation, et dans l'école les fameux distiques de Caton ont joui durant plusieurs siècles d'une vogue incontestable, et l'on peut sans hardiesse regarder la forme, dans laquelle ces deux ouvrages sont écrits comme l'inspiratrice de cette littérature qui devint à la mode au XVIIe siècle, et qui réduisit en maximes et en réflexions non seulement la science de la vie religieuse et civile, mais encore l'histoire, la politique et le roman.

Otez la société du Luxembourg et les *Divers Portraits de Mademoiselle*, vous n'auriez jamais eu le *Portrait de La Rochefoucauld par lui-même*. De même ôtez la société de Madame de Sablé et la passion des sentences et des pensées qui y régnait, jamais La Rochefoucauld n'eût songé ni à composer, ni à publier son livre. Il est bien loin de se donner pour l'inventeur de cette manière de passer le temps. Dans ses lettres, il se plaint assez souvent que d'un délassement on lui ait fait une fatigue, et il reproche à Esprit d'avoir suscité en lui le goût des sentences pour troubler son repos. Il en envoie à Esprit pour obéir à ses instances, il en envoie à Madame de Sablé, et lui demande en retour quelque bon plat ou quelque bonne recette.... Il y avait chez Madame de Sablé, comme dans toutes les petites sociétés, une sorte de fonds commun; on s'occupait à peu près des mêmes sujets, mais chacun y apportait une tournure d'esprit particulière et mettait son cachet à ce qu'il faisait. Quand La Rochefoucauld avait composé quelques sentences, il les mettait sur le tapis avant ou après dîner, ou il les envoyait au bout d'une lettre. On en causait, on les examinait; on lui faisait des observations, dont il profitait; on a pu lui ôter des fautes, mais on ne lui a prêté aucune beauté: il n'y a pas un tour délicat et rare, un trait fin et acéré, qui ne vienne de lui.[1] »

C'était donc pendant les heures de délassement et de récréation, à des jeux d'esprit qui servaient d'agréable passe-temps, que s'est aiguisé le talent de notre écrivain. La première fois qu'il franchit le seuil du salon de Madame de Sablé, La Rochefoucauld était bien loin de se douter que c'était de ces réunions que sortirait le petit recueil qui lui assura l'immortalité. Pour alimenter la conversation et intéresser ses amis, La Rochefoucauld s'étudia à dire le plus de choses en le moins de mots possible; il polit ses maximes, et il sut leur donner un degré de perfection qu'il serait difficile de surpasser. Un retour sur lui-même, sur ses contemporains, en particulier sur ceux qui avaient pris part aux guerres de la Fronde, l'examen des motifs et des intrigues qui occasionnèrent les troubles, fournirent ample matière à ses réflexions. « Monsieur de La Rochefoucauld, dit l'académicien Suard, a peint les hommes comme il les a vus. C'est dans les temps de faction et d'intrigues politiques qu'on a plus d'occasions de connaître les hommes et plus de motifs pour les observer; c'est dans ce jeu continuel de toutes les passions humaines que les caractères se développent, que les faiblesses échappent, que l'hypocrisie se trahit, que l'intérêt personnel se mêle à tout, gouverne et corrompt tout.[2] » De telles observations faites

[1] Victor Cousin: *Madame de Sablé*, ch II. p. 99.

[2] Suard: *Notice sur le caractère et les écrits du duc de La Rochefoucauld*, dans l'édition des *Maximes*, par G. Duplessis, p. 310.

sur le vif firent éviter à La Rochefoucauld l'écueil des redites banales, auxquelles sont exposés les moralistes et lui permirent de garder une originalité qui le distingue si avantageusement de la plupart de ceux qui se sont essayés en ce genre.[1]

On a appelé les *Mémoires de La Rochefoucauld* le récit de la Fronde, et les *Maximes* la moralité de ce récit.[2] Dans la première partie du livre des *Mémoires*, La Rochefoucauld dit qu'il a remarqué « avec quelque attention ce qu'il voyait.[3] » Certainement, en composant ses *Maximes*, il n'aura pas manqué de profiter de ces observations qui forment le livre des *Mémoires*. Ouvrons donc ce livre et voyons quelles maximes se rapportent aux faits qui y sont racontés. Nous trouverons aussi des indications historiques dans le *Portrait du duc de La Rochefoucauld, fait par lui-même;* dans *l'Apologie de Monsieur le prince de Marcillac*, dans les *Lettres de La Rochefoucauld*, dans les *Réflexions diverses* du même auteur et dans les *Mémoires* qu'ont écrit plusieurs contemporains de La Rochefoucauld.

La Rochefoucauld lui-même dans les Maximes.

Déjà du temps de La Rochefoucauld, on croyait reconnaître l'auteur lui-même dans l'une ou l'autre de ses maximes. En 1663, deux ans avant la première édition des *Maximes*, la princesse de Guyméné écrivait à Madame de Sablé: « il juge tout le monde par lui-même. » Au commencement du siècle dernier, le chartreux Dom Bonaventure d'Argonne publiait sous le nom de Vigneul-Marville des *Mélanges d'Histoire et de Littérature*, où nous lisons les phrases suivantes: « il y a des maximes qui ont été faites à l'occasion de certains événements et en vue de certaines gens, sans nommer personne, sinon Monsieur le Prince et Monsieur de Turenne, une fois seulement. J'ai un exemplaire de ces *Maximes* avec une clef de la plupart de ceux dont l'auteur a voulu parler.[4] » Duplessis, qui cite dans son édition des *Maximes* cette dernière phrase de Vigneul-Marville, croit *qu'il faut se défier en général de toutes ces interprétations de maximes générales*, et il ajoute: « Quoique la clef dont parle Vigneul-Marville eût pu être curieuse, j'avoue que dans l'intérêt de la

---

[1] L'abbé de La Roche: *Les Pensées, Maximes de La Rochefoucauld*, p. 16, fait la remarque suivante: « Une réflexion de Marc-Aurèle est un traité de politique, un caractère de Théophraste est une dissection de l'homme, une pensée de Pascal est un tableau de toute la religion. »

[2] Nisard: *Histoire de la Littérature française*, III, p. 180

[3] *Mémoires*, p. 14.

[4] Vigneul-Marville: *Mélanges d'Histoire et de Littérature*, I, p. 309.

vérité et de la justice, elle me paraît médiocrement regrettable.[1] » D'un autre côté, Laur va trop loin, lorsqu'il assure « qu'on peut presque désigner les événements et les personnes auxquels se rapporte chaque maxime, quoiqu'il n'y ait pas un seul nom d'indiqué.[2] » La vérité, à notre avis, est au milieu. S'il est difficile, pour ne pas dire impossible, de découvrir la source de toutes les maximes, on peut au moins indiquer les faits historiques que La Rochefoucauld a observés pour composer un grand nombre d'entre elles. La Rochefoucauld dit dans le portrait qu'il a tracé de lui-même : « Je me suis assez étudié pour me bien connaître.[3] » Il n'aurait pas eu besoin de cet aveu : un coup d'œil jeté sur ses écrits, suffit pour nous convaincre qu'il a fait sur lui-même un examen de conscience très détaillé, qu'il a réfléchi sur son caractère, sur les principales actions de sa vie et qu'il les a considérés à différents points de vue.

Après avoir combattu comme mestre de camp du régiment d'Auvergne devant Casal, assiégé par les Espagnols (1629), il revient en France et s'engage comme volontaire dans la campagne de Flandre, pour servir sous les ordres des maréchaux de Châtillon et de Brézé.[4] Cette campagne fut malheureuse. La Rochefoucauld parla « trop librement de ce qui s'était passé[5] » ; et ses critiques lui attirèrent une disgrâce. Il fut congédié et reçut l'ordre de revenir dans ses terres ; car « on ne saurait conserver longtemps les sentiments qu'on doit avoir pour ses amis et pour ses bienfaiteurs, si on se laisse la liberté de parler souvent de leurs défauts.[6] »

Avant de partir pour la Flandre, La Rochefoucauld avait fait à la cour du roi Louis XIII la connaissance des demoiselles de Hautefort et de Chemerault, toutes les deux fort jeunes et d'une beauté remarquable. Il entra bientôt avec elles dans une étroite liaison [7], qui aveugla complètement le jeune homme encore sans expérience. Il croyait à la possibilité d'une amitié vraie et sincère et ne se doutait pas qu'il ne suffit point de *connaître les qualités de l'esprit* d'une personne, ce qui est assez *facile*; mais qu'il faut *connaître les qualités de son âme*, chose plus

---

[1] Duplessis : *Réflexions, Sentences et Maximes morales de La Rochefoucauld*, p. 189.

[2] Laur : *Zur Geschichte der französischen Litteratur*, p. 73.

[3] *Œuvres de La Rochefoucauld*, édit. Gilbert, dans les *Grands Écrivains de la France*, I, p. 6. A moins d'indication contraire, ce sera l'édition de Gilbert, à laquelle nous renverrons chaque fois que nous citerons les Œuvres de La Rochefoucauld.

[4] *Mémoires*, p. 22.

[5] *Mémoires*, p. 23.

[6] Maxime 319.

[7] *Mémoires*, p. 21.

difficile, qu'il n'y a que cette connaissance qui empêche nos *amitiés d'être si changeantes.*[1]

Dès l'âge de quinze ans, La Rochefoucauld avait épousé Andrée de Vivonne, « dont je ne vois pas qu'on dise rien de plus par rapport à lui, sinon qu'il en eut cinq fils et trois filles.[2] » On serait tenté de croire, en voyant le grand nombre de liaisons qu'a eues La Rochefoucauld, que *son mariage n'a point été délicieux.*[3] Dans les *Mémoires*, il ne fait presque jamais mention de sa femme: « on sait assez, dit-il dans une maxime [4], qu'il ne faut guère parler de sa femme. »

La reine le mit en relation avec la duchesse de Chevreuse, qui « avait beaucoup d'esprit, d'ambition et de beauté, qui était galante, vive, hardie, entreprenante.[5] » La Rochefoucauld fut tellement charmé par les attraits de la coquette, qu'il embrassa chaleureusement ses intérêts, et qu'ils « furent bientôt dans une grande liaison d'amitié.[6] » Il prouva son attachement à la duchesse de Chevreuse en lui aidant à fuir en Espagne, lorsque, par une singulière méprise, elle crut devoir se soustraire par la fuite à la haine du cardinal de Richelieu.[7] Cette occasion de *signaler sa tendresse pour son amie le consola aisément de la disgrâce qu'elle encourut.*[8] Lui-même s'attira bien des désagréments; car, lorsque Richelieu lui demanda des explications sur sa conduite, et qu'il se montra sec et réservé, il fut enfermé huit jours à la Bastille.

La Rochefoucauld supporta la prison sans se plaindre: *la confiance*, *que la grande* mondaine lui avait témoignée, *flattait assez son orgueil.*[9] Cependant *l'amour-propre n'était pas la dupe de la bonté*, La Rochefoucauld ne *s'était pas oublié lui-même en travaillant pour l'avantage* de Madame de Chevreuse: *il avait prêté à usure sous prétexte de donner*, *il s'était acquis tout le monde par un moyen subtil et délicat.*[10] En effet, la reine, dont Madame de Chevreuse était l'amie la plus intime et la plus dévouée, lui exprima sa reconnaissance pour les services qu'il avait rendus à cette dernière, et « Mademoiselle de Hautefort, dit La Rochefoucauld [11], me

[1] Maxime 80.
[2] Sainte-Beuve. *Revue des Deux-Mondes*, IVe série, 1840, p. 186.
[3] Maxime 113.
[4] Maxime 364.
[5] *Mémoires*, p. 4.
[6] *Mémoires*, p. 27.
[7] *Mémoires*, p. 32—36.
[8] Maxime 235.
[9] Maxime 239.
[10] Maxime 236.
[11] *Mémoires*, p. 40.

donna tant de marques d'estime et d'amitié, que je trouvai mes disgrâces trop bien payées. Madame de Chevreuse, de son côté, ne me témoigna pas une moindre reconnaissance, et elle avait tellement exagéré ce que j'avais fait pour elle, que le roi d'Espagne l'alla voir, sur la nouvelle de ma prison, et lui fit encore une seconde visite, quand on apprit ma liberté.» Plus tard la duchesse de Chevreuse fit des démarches, pour qu'on donnât à son bienfaiteur le gouvernement du Hâvre. C'est ainsi que la *générosité* de La Rochefoucauld, *qui avait méprisé de petits intérêts pour aller à de plus grands*, devait obtenir sa récompense [1], et que sa *magnanimité, le bon sens de son orgueil, fut une noble voie pour recevoir des louanges.*[2] La Rochefoucauld *se fit même un honneur des persécutions* dont il avait été l'objet de la part de Richelieu [3]; car *l'envie d'être plaint ou d'être admiré fait la plus grande partie de notre confiance.*[4] Il fut plaint et admiré: «les marques d'estime, dit-il, que je recevais des personnes à qui j'étais le plus attaché, et une certaine approbation que le monde donne assez facilement aux malheureux quand leur conduite n'est pas honteuse, me firent supporter avec quelque douceur un exil de deux ou trois années.[5]»

Ces «disgrâces», comme les appelle La Rochefoucauld, n'affaiblirent pas l'attachement qu'il portait à son amie. «La fidélité qui paraît en la plupart des hommes n'est qu'une invention de l'amour-propre pour attirer la confiance; c'est un moyen de nous élever au-dessus des autres, et de nous rendre dépositaires des choses les plus importantes.[6]» La Rochefoucauld pensait que la duchesse de Chevreuse userait un jour de son influence auprès de la reine pour lui obtenir les avantages qu'il rêvait. Après la mort du roi, lorsqu'Anne d'Autriche fut devenue régente, il intercéda auprès d'elle en faveur de la duchesse, pour qu'elle pût rentrer en France. Cette grâce lui fut accordée, mais la reine n'était plus animée à son égard des mêmes sentiments qu'autrefois, et La Rochefoucauld fut mis en demeure de se prononcer pour la duchesse ou pour le ministre de la reine, le cardinal Mazarin. La Rochefoucauld n'hésita pas à rester attaché à son ancienne amie; mais cette décision le ruina complètement auprès de la reine et lui causa plus tard

---

[1] Maxime 246.
[2] Maxime 285.
[3] Maxime 50.
[4] Maxime 475.
[5] *Mémoires*, p. 40.
[6] Maxime 247.

« une longue suite de mauvais traitements.[1] » C'est ainsi que La Rochefoucauld, tout en n'agissant *que par rapport à lui*, c'est-à-dire pour se conserver les bonnes grâces de Madame de Chevreuse, *suivait son goût et son plaisir, en préférant son amie à lui-même, et c'est par cette préférence que son amitié était vraie et parfaite.*[2]

La Rochefoucauld *suivit aussi son goût et son plaisir, en préférant à lui-même* le comte de Montrésor, qu'on avait accusé d'avoir trempé dans la conspiration de Cinq-Mars contre Richelieu. Montrésor, le grand-veneur du duc d'Orléans, *n'étant plus en état de faire du bien*[3], avait été abandonné de plusieurs de ses amis. « Nous étions, dit La Rochefoucauld, dans une grande liaison d'amitié; mais comme j'avais déjà été mis en prison pour avoir fait passer Madame de Chevreuse en Espagne, il était périlleux vers le cardinal de retomber dans une semblable faute, et même pour sauver un homme qui était déclaré criminel. Je m'exposais par là tout de nouveau à de plus grands embarras encore que ceux dont je venais de sortir. Ces raisons néanmoins cédèrent à l'amitié que j'avais pour le comte de Montrésor, et je lui donnai une barque et des gens qui le menèrent sûrement en Angleterre. J'avais préparé une pareille assistance au comte de Béthune, qui n'était pas seulement mêlé, comme le comte de Montrésor, dans l'affaire de Monsieur Le Grand (Cinq-Mars), mais qui était même assez malheureux pour être accusé, bien que ce fût injustement, d'avoir révélé le traité d'Espagne; il était prêt de suivre le comte de Montrésor en Angleterre, et je m'attendais à ressentir les effets de la haine du cardinal de Richelieu.[4] »

La personne pour laquelle La Rochefoucauld s'est imposé les plus grands sacrifices, est sans contredit Madame de Longueville, la sœur du grand Condé et du prince de Conti. « Sa beauté, son esprit et tous les charmes de sa personne attachaient à elle tout ce qui pouvait espérer d'en être souffert.... Elle était alors si unie avec toute sa maison et si tendrement aimée du duc d'Enghien[5], son frère, qu'on pouvait se répondre de l'estime et de l'amitié de ce prince, quand on était approuvé de Madame sa sœur.[6] »

La Rochefoucauld s'aimait lui-même, lorsqu'il brigua l'amitié de la duchesse de Longueville. « Le prince de Marcillac [7], rapporte une amie de La Rochefoucauld,

---

[1] *Mémoires*, p. 90.
[2] Maxime 81.
[3] Maxime 306.
[4] *Mémoires*, p. 46.
[5] Jusqu'à la mort de son père, Condé porta le titre de duc d'Enghien.
[6] *Mémoires*, p. 94.
[7] Tel est le titre de La Rochefoucauld jusqu'à la mort de son père, arrivée en 1650.

Madame de Motteville, qui était peut-être plus intéressé qu'il n'était tendre, voulant s'agrandir par elle, crut lui devoir inspirer le désir de gouverner les princes, ses frères. Comme elle était capable d'une grande ambition, parce que celui en qui elle avait de la confiance en était entièrement possédé, ce conseil lui plut. Elle vit que par cette voie elle aurait part à toutes les grandes affaires qui se passaient à la cour, et toutes ces choses ensemble eurent le pouvoir d'affaiblir sa raison et sa vertu.... Son âme, capable des plus grands desseins et des plus fortes passions, s'étant laissé enchanter des illusions du plus haut degré de gloire et de considération auquel la fortune la pouvait mettre, suivit avec un peu trop de complaisance les conseils d'un homme qui avait beaucoup d'esprit et qui l'avait fort agréable. Mais, comme il avait encore plus d'ambition, il s'était peut-être attaché à elle, autant par le dessein de s'en servir pour se venger de la reine, pour chasser son ministre, et venir ensuite à toutes les choses dont l'esprit humain le peut flatter, que par la seule passion qu'il eut pour elle.[1] » *L'amour prêta* donc *son nom* à la vengeance que La Rochefoucauld avait jurée à la reine[2], le duc *aimait son amie surtout par rapport à lui*[3], et il n'hésita pas à *sacrifier le repos de celle qu'il aimait.*[4] Cependant, lorsque la maison de Verteuil fut rasée par ordre du roi sans aucun dédommagement, il s'efforça de faire croire à Madame de Longueville que c'était « pour son service qu'il exposait tout.[5] » Lors du renouvellement de la guerre civile, après la mise en liberté des princes (1651), La Rochefoucauld y prit part, afin de rester fidèle à son amie et pour ne pas blesser la duchesse qui était l'âme de cette guerre. Celle-ci n'avait été rallumée par Madame de Longueville qu'en vue de ses propres intérêts: elle ne voulait pas aller rejoindre son mari en Normandie. « Le duc de La Rochefoucauld, dit-il lui-même[6], ne put pas témoigner si ouvertement sa répugnance pour cette guerre: il était obligé de suivre les sentiments de Madame de Longueville. » La Rochefoucauld, qui était *un esprit droit, avait moins de peine à se soumettre à un esprit de travers que de le conduire.*[7] Au combat qui mit fin à cette guerre, il fut grièvement

---

[1] Madame de Motteville: *Mémoires*, tome II, p. 275 et 301. — cf. Victor Cousin: *La Jeunesse de Madame de Longueville*, p. 345 et 346.

[2] Maxime 77.

[3] Maxime 81.

[4] Maxime 262.

[5] Lenet: *Mémoires*, I, p. 44.

[6] *Mémoires*, p. 260.

[7] Maxime 448.

blessé. Son ami Gourville rapporte qu'« au sujet de cet accident, il fit graver un portrait de Madame de Longueville avec ces deux vers (de Du Ryer) au bas :

« Faisant la guerre au Roi, j'ai perdu les deux yeux ;
Mais, pour un tel objet, je l'aurais faite aux Dieux.[1] »

L'amitié de La Rochefoucauld et de la duchesse de Longueville n'était donc *qu'une société, qu'un ménagement réciproque d'intérêts, qu'un échange de bons offices, enfin qu'un commerce, où l'amour-propre se proposait toujours quelque chose à gagner.*[2]

La Rochefoucauld aimait la duchesse de Longueville, *mais il ne l'aima pas comme un sot.*[3] Il s'aperçut bientôt que *l'amour, aussi bien que le feu, ne peut subsister sans un mouvement continuel, et qu'il cesse de vivre, dès qu'il cesse d'espérer.*[4] Son amie le trompait depuis quelque temps déjà, *sans qu'il se défiât* de ses infidélités[5] ; il était loin de soupçonner que leur liaison n'était *qu'une des mille copies du vrai amour*[6], *que l'amour est ce qui se trouve le moins dans la galanterie*[7], *que les personnes faibles, qui sont toujours agitées des passions, n'en sont presque jamais véritablement remplies.*[8] Ce n'est que plus tard, lorsque la duchesse l'abandonna, qu'il apprit que « les passions ont une injustice et un propre intérêt, qui fait qu'il est dangereux de les suivre et qu'on doit s'en défier, lors même qu'elles paraissent les plus raisonnables.[9] »

Après l'arrestation de son mari et de ses deux frères, la duchesse de Longueville s'était séparée de son ami le duc de La Rochefoucauld, pour se rendre en Normandie et soulever en faveur des prisonniers le Parlement et les habitants de cette province ; mais « elle fut contrainte de passer en Hollande pour gagner Stenay, où Monsieur de Turenne s'était retiré, aussitôt que les princes avaient été arrêtés.[10] » Peut-être cette séparation affaiblit-elle déjà la flamme de Madame de Longueville, car « l'absence diminue les médiocres passions, comme le vent éteint les bougies.[11] » La flamme s'éteignit complètement, lorsque la duchesse

---

[1] Gourville : *Mémoires*, p. 266.
[2] Maxime 83.
[3] Maxime 353.
[4] Maxime 75.
[5] Maxime 84.
[6] Maxime 74.
[7] Maxime 402.
[8] Maxime 477.
[9] Maxime 9.
[10] *Mémoires*, p. 173.
[11] Maxime 276.

commença « un engagement avec le duc de Nemours », et qu'on craignit qu'elle ne prît « de nouvelles liaisons qui pouvaient peut-être causer encore de plus grands désordres.[1] » *La jalousie, qui s'était d'abord nourrie dans les doutes, devint fureur, sitôt que* La Rochefoucauld *passa du doute à la certitude*[2] que son amie lui était devenue infidèle. Lorsque la duchesse eut commencé la liaison si étroite avec La Rochefoucauld, elle *avait passé de l'amour à l'ambition;* après son infidélité envers le duc, elle brisa avec lui et elle *ne put plus revenir de l'ambition à ses premières amours.*[3] La Rochefoucauld *fut honteux de l'avoir aimée, quand il ne l'aima plus*[4], et ses frères se détournèrent d'elle. « Ce qui augmentait encore son embarras, c'est qu'elle ne croyait pas se pouvoir réconcilier avec son mari, par les mauvais offices qu'on lui avait rendus auprès de lui et par l'impression qu'il avait, qu'elle n'eût trop de part à cette guerre. Elle avait aussi tenté inutilement de se raccommoder avec la cour par Madame la princesse Palatine. Ainsi, se voyant également ruinée de tous les côtés, elle avait été contrainte de chercher pour dernière ressource l'appui de l'Ormée[5] et de s'efforcer de rendre cette faction si puissante, qu'elle pût s'en servir pour se donner une nouvelle considération envers Monsieur le Prince (Condé) ou envers la cour.[6] » Au lieu de s'humilier et de se réconcilier avec ceux qu'elle avait blessés et offensés, la sœur de Condé préféra rechercher l'appui d'une faction qui se composait de la lie du peuple bordelais. Ainsi c'est *l'orgueil, plutôt que le défaut de lumières, qui l'avait poussée à s'opposer avec tant d'opiniâtreté aux opinions les plus suivies: elle avait trouvé les premières places prises dans le bon parti et elle ne voulait pas des dernières.*[7] *Le grand nom, qu'elle n'avait pas su soutenir, ne fit que l'abaisser au lieu de l'élever.*[8]

L'infidélité de Madame de Longueville avait blessé au plus vif le duc de La Rochefoucauld, et *il ne put se consoler d'avoir été trahi par son ancienne amie.*[9]

---

[1] *Mémoires*, p. 353.

[2] Maxime 32.

[3] Maxime 490.

[4] Maxime 71.

[5] L'Ormée était « une cabale formée par les moins riches et les plus séditieux (de Bordeaux) qui, s'étant assemblés plusieurs fois par hasard en un lieu proche du château de Hâ, nommé l'Ormée, en retinrent depuis le nom. » *Mémoires de La Rochefoucauld*, p. 349. Voir sur l'Ormée Devienne: *Histoire de la ville de Bordeaux*, I, p. 447.

[6] *Mémoires*, p. 353.

[7] Maxime 234.

[8] Maxime 94.

[9] Maxime 114.

L'amour-propre offensé lui fit voir dorénavant la duchesse dans un jour tout à fait autre que par le passé, il *diminua aux yeux du duc les bonnes qualités de l'infidèle à proportion du peu de satisfaction qu'il eut d'elle*, et La Rochefoucauld porta *sur le mérite de* Madame de Longueville *un jugement très défavorable, en rapport avec la manière, dont elle vécut avec lui.*[1]

A la fin de la Fronde, la duchesse de Longueville s'était réconciliée avec son mari et habitait avec lui en Normandie. Elle commença à mener une vie austère qui contrastait singulièrement avec son ancienne légèreté. « Après la mort de son mari, dit Victor Cousin [2], elle vint s'établir à Paris et se consacrer à l'éducation de ses enfants.... Elle avait aussi un logement dans la première cour du couvent des carmélites de la rue Saint-Jacques, et l'hiver, quand elle était à Paris, elle y allait faire de fréquentes retraites.... Depuis sa conversion, elle suivait avec une rigueur inflexible les règles les plus étroites de l'austérité chrétienne, et souvent il fallait lui rappeler ce qu'elle devait aux convenances de son rang et de sa maison. » Cousin cite plus loin quelques exemples de la profonde humilité de la duchesse [3]; mais La Rochefoucauld ne croit pas qu'elle ait réellement pratiqué cette vertu. « L'orgueil, dit-il, se dédommage toujours et ne perd rien, lors même qu'il renonce à la vanité.[4] » La Rochefoucauld veut anéantir l'ancienne pécheresse changée en Madeleine; c'est pourquoi il tourne et retourne cette pensée, comme un homme offensé tourne et retourne avec complaisance l'arme qui le venge de son ennemi. On dirait qu'il a juré une haine implacable, une guerre sans merci à son ancienne amie, il la harcèle continuellement, il veut que la défaite de celle qu'il prend pour son ennemie soit générale et entière. « La vertu, dit-il, n'irait pas si loin, si la vanité ne lui tenait compagnie.[5] » — « Quelque soin que l'on prenne de couvrir ses passions par des apparences de piété et d'honneur, elles paraissent toujours au travers de ces voiles.[6] » — « Il semble que la nature, qui a si sagement disposé les organes de notre corps pour nous rendre heureux, nous ait aussi donné l'orgueil pour nous épargner la douleur de connaître nos imperfections.[7] » — « L'hypocrisie est un hommage que le vice

[1] Maxime 88.
[2] Victor Cousin: *Madame de Sablé*, p. 186.
[3] *Ibid.*, p. 209.
[4] Maxime 33.
[5] Maxime 200.
[6] Maxime 12.
[7] Maxime 36.

rend à la vertu.[1] » — « L'humilité n'est souvent qu'une feinte soumission dont on se sert pour soumettre les autres. C'est un artifice de l'orgueil qui s'abaisse pour s'élever; et bien qu'il se transforme en mille manières, il n'est jamais mieux déguisé et plus capable de tromper que lorsqu'il se cache sous la figure de l'humilité.[2] » — « L'humilité est la véritable preuve des vertus chrétiennes: sans elle nous conservons tous nos défauts, et ils sont seulement couverts par l'orgueil qui les cache aux autres, et souvent à nous-mêmes.[3] » — « La plupart des amis dégoûtent de l'amitié, et la plupart des dévots dégoûtent de la dévotion.[4] » — « Les passions les plus violentes nous laissent quelquefois du relâche; mais la vanité nous agite toujours.[5] » — « Notre orgueil s'augmente souvent de ce que nous retranchons de nos défauts.[6] » Voici ce qu'il pense de la sincérité de la duchesse: « La sincérité, dit-il, est une ouverture du cœur. On la trouve en fort peu de gens; et celle qu'on voit d'ordinaire, n'est qu'une fine dissimulation pour attirer la confiance des autres.[7] » Comme Bussy dans son *Histoire amoureuse des Gaules*, La Rochefoucauld avait flétri dans ses *Mémoires*, la vie désordonnée qu'avait menée autrefois la duchesse de Longueville et avait jeté le déshonneur sur elle. La Rochefoucauld trouve que les austérités, auxquelles se livre à présent la pénitente de Singlin, ne font que la *couvrir de ridicule* [8], et que *ce ridicule la déshonore encore plus* que ses anciens désordres.[9]

Les rapports que La Rochefoucauld a eus avec la duchesse de Longueville ont beaucoup d'analogie avec la situation dans laquelle il s'est trouvé vis-à-vis d'Anne d'Autriche. Pendant que Richelieu présidait aux destinées de la France, la reine était « malheureuse et persécutée.[10] » Cela ne l'empêcha pas de traiter La Rochefoucauld « avec beaucoup de bonté et de marques d'estime et de confiance.[11] » Navré du despotisme du tout-puissant cardinal, La Rochefoucauld n'hésita pas à entrer dans le parti de la reine. Il fut pendant dix ans son fidèle serviteur, et

---

[1] Maxime 218.
[2] Maxime 254.
[3] Maxime 358.
[4] Maxime 427.
[5] Maxime 443.
[6] Maxime 450.
[7] Maxime 62.
[8] Maxime 134.
[9] Maxime 326.
[10] *Mémoires*, p. 20.
[11] *Ibid.*, p. 20.

pendant six ou sept ans, on le nommait publiquement son martyr. « Ma fortune, dit La Rochefoucauld[1], et ma liberté n'avaient pas été les seules victimes que j'avais offertes pour son intérêt et pour son repos, et l'horreur des supplices les plus effroyables ne m'avait pas empêché de lui faire aussi bon marché de ma vie, quand elle avait bien voulu confier la sienne[2] au courage, à la fermeté et à la prudence d'un homme de vingt-deux ans. » La Rochefoucauld prouva encore son dévouement à la reine, en refusant le poste de maréchal de camp, que lui offrit La Meilleraye, de la part de Richelieu, pour le gagner à la cause du cardinal et en préférant « retourner à Verteuil, sans voir la cour, y demeurer un temps considérable dans une sorte de vie inutile et languissante.[3] »

Ce dévouement, ce courage, cette grandeur d'âme fut aussi peu exempte d'intérêt que l'amour de Madame de Longueville. « Les vertus, dit l'auteur des *Maximes*, se perdent dans l'intérêt, comme les fleuves se perdent dans la mer.[4] » — « Nous nous persuadons souvent d'aimer les gens plus puissants que nous, et néanmoins c'est l'intérêt seul qui produit notre amitié. Nous ne nous donnons pas à eux pour le bien que nous leur voulons faire, mais pour celui que nous en voulons recevoir[5] » ; et « ce que nous prenons pour des vertus n'est souvent qu'un assemblage de diverses actions et de divers intérêts que la fortune ou notre industrie savent arranger.[6] »

La Rochefoucauld demanda comme récompense pour les services qu'il avait rendus à la reine, les mêmes avantages qu'on avait accordés aux maisons de Rohan et de la Trimouille et à quelques autres. Il voulait être élevé par décret royal au rang de duc, dignité qui lui revenait par droit de naissance et qu'il obtint par suite de la mort de son père (1650). Il désirait aussi pour sa femme le privilège du tabouret, c'est-à-dire le privilège de pouvoir rester assise en présence de la reine à la cour.[7] « C'était là chose du monde qui le touchait le plus.[8] » Il nous semble bien étonnant que La Rochefoucauld insiste tellement sur ce genre de récompense ;

---

[1] *Apologie de Monsieur le prince de Marcillac* dans l'édition des *Œuvres de La Rochefoucauld*, par Gilbert et Gourdault, tome II, p. 441 et 442.

[2] Il est fait allusion au dessein formé par la reine de s'enfuir à Bruxelles avec Mademoiselle de Hautefort, sous la conduite de La Rochefoucauld. Voir *Mémoires*, p. 28.

[3] *Mémoires*, p. 42.

[4] Maxime 171.

[5] Maxime 85.

[6] Maxime 1.

[7] *Mémoires*, p. 105.

[8] Lettre de La Rochefoucauld à Mazarin, écrite de Verteuil, le 2 octobre 1648, dans l'édition des *Œuvres complètes de La Rochefoucauld*, par Chassang, II, p. 377.

mais « la félicité est dans le goût et non pas dans les choses; et c'est par avoir ce qu'on aime qu'on est heureux, et non par avoir ce que les autres trouvent aimable[1]; » — « nous ne ressentons nos biens et nos maux qu'à proportion de notre amour-propre.[2] » Celui-ci a dû être très grand, puisque, du vivant même de son père, il soupirait après des prérogatives qui ne pouvaient cependant lui échapper.

Ces demandes, La Rochefoucauld les formula, dès que la reine fut en mesure de le récompenser. Aussi longtemps que vécut Richelieu, La Rochefoucauld s'était contenté d'espérer. Il ne savait pas encore que *l'espérance est trompeuse;* mais *cette espérance le mena longtemps par un chemin agréable.*[3] « J'étais jeune, dit-il, la santé du roi et celle du cardinal s'affaiblissaient, et je devais tout attendre d'un changement. J'étais heureux dans ma famille, j'avais à souhait tous les plaisirs de la campagne; les provinces voisines étaient remplies d'exilés, et le rapport de nos fortunes et de nos espérances rendait notre commerce agréable.[4] ».

La reine, de son côté, se bornait à lui témoigner pendant ce temps une bonté *qui n'était que de la complaisance pour lui*[5] et *une impuissance de sa propre volonté*[6]*;* le jeune marquis fut néanmoins très sensible à ces marques d'estime qui *flattaient son orgueil.*[7] Après la mort du roi Louis XIII, la reine accorda à La Rochefoucauld la première grâce qu'il lui demanda, à savoir « le retour du comte de Miossens à la cour et son abolition pour s'être battu en duel et avoir tué Villandry. » — « La reine, continue La Rochefoucauld, me donnait des marques d'amitié et de confiance; elle m'assura même plusieurs fois qu'il y allait de son honneur que je fusse content d'elle, et qu'il n'y avait rien d'assez grand dans le royaume pour me récompenser de ce que j'avais fait pour son service.[8] »

Toutefois ces témoignages de bonté et de *reconnaissance*, par lesquels la reine honorait son serviteur, *n'étaient qu'une secrète envie de recevoir de plus grands bienfaits* de sa part[9]; ils étaient *comme la bonne foi des marchands qui entretient le commerce:* ils devaient disposer La Rochefoucauld à rester fidèle à la reine, à

---

[1] Maxime 48.
[2] Maxime 339.
[3] Maxime 168.
[4] *Mémoires*, p. 40.
[5] Maxime 481.
[6] Maxime 237.
[7] Maxime 239.
[8] *Mémoires*, p. 66.
[9] Maxime 298.

continuer de *lui prêter* son appui[1], jusqu'à ce que son but d'exercer la régence pendant la minorité de Louis XIV fût atteint. Dès qu'il le fut, et que personne ne songea plus à lui enlever les rênes du gouvernement, elle prouva que *les hommes ne sont pas seulement sujets à perdre le souvenir des bienfaits, qu'ils haïssent même ceux qui les ont obligés, que l'application à récompenser le bien, leur paraît une servitude, à laquelle ils ont peine de se soumettre*[2], *que l'orgueil ne veut pas devoir, et que l'amour-propre ne veut pas payer*[3]; en un mot, elle ne *récompensa pas* son serviteur *selon ses mérites.*[4] Elle l'amusa d'abord par de vaines promesses et lui offrit la charge de général des galères, celle de mestre de camp des gardes, la survivance de la charge de grand écuyer, la charge de mestre de camp de la cavalerie légère.[5] Mais La Rochefoucauld n'ambitionnait pas ces postes: ce qu'il demandait, c'était de pouvoir entrer au service particulier; et il fut mécontent, lorsqu'on ne fit aucun cas de ses désirs. «L'orgueil de celui qui donne et l'orgueil de celui qui reçoit sont la cause du mécompte dans la reconnaissance qu'on attend des grâces que l'on a faites, s'ils ne peuvent convenir du prix du bienfait.[6]» S'il se montra plus tard *ingrat, il fut moins coupable que celle qui lui avait fait du bien.*[7] La Rochefoucauld comprenait bien que *le trop grand empressement qu'on avait* de lui donner une de ces charges, *n'était qu'une espèce d'ingratitude.*[8]

Bientôt il s'aperçut que malgré son mécontentement manifesté d'ailleurs bien discrètement, la reine commençait à *rapporter les actions* du serviteur qui l'avait toujours fidèlement servie, *comme les bouts-rimés, à ce qu'il lui plaisait.*[9] «La reine, dit-il[10], qui m'avait fait vivre si sévèrement avec lui (Mazarin), elle qui m'avait dicté mot à mot ce qu'il y avait eu de plus dur et de plus austère dans nos conventions, elle-même, dis-je, en parlait à l'heure à mes proches, comme d'une conduite que j'avais dû juger qu'elle désapprouverait. Voulais-je toutefois en venir à l'éclaircissement, elle tournait en finesse ou en raillerie tout ce qu'on m'avait dit, et après qu'elle m'avait forcé d'en rire avec elle, elle en tirait de nouveaux sujets

---

1 Maxime 223.
2 Maxime 14.
3 Maxime 228.
4 Maxime 166, cf. *Mémoires*, p. 90.
5 *Mémoires*, p. 76.
6 Maxime 225.
7 Maxime 96.
8 Maxime 226.
9 Maxime 382.
10 *Apologie de Monsieur le prince de Marcillac*, p. 446.

de se plaindre et de prendre pour témoins et pour juges contre moi-même les mêmes personnes par qui elle me faisait donner ces avis.» C'est ainsi que la reine commença à se montrer ingrate envers La Rochefoucauld. Celui-ci lui avait rendu trop de services et «il n'est pas si dangereux de faire du mal à la plupart des hommes que de leur faire trop de bien.[1]» La fin de non-recevoir opposée à sa demande le dégoûta, remplit son cœur de fiel et d'amertume et lui fit «chercher des voies périlleuses pour témoigner son ressentiment à la reine.[2]» La reine lui avait déclaré jadis qu'il y allait de son honneur qu'il fût content d'elle; à présent qu'elle semblait avoir oublié ses promesses, La Rochefoucauld *put aussi peu se consoler d'avoir été trahi par celle qui l'avait honoré de son amitié*[3], qu'il avait pu s'empêcher d'entrer en colère contre la duchesse de Longueville, lorsqu'elle l'abandonna pour aimer le duc de Nemours.[4] Si *l'honneur acquis est caution de celui qu'on doit acquérir*[5], l'opinion qu'eut La Rochefoucauld d'Anne d'Autriche ne fut pas très flatteuse, et l'honneur qu'elle mérita fut selon l'avis de l'auteur des *Maximes* loin d'être enviable. Non seulement il ne l'estima plus et ne voulut plus lui rendre de services; il s'unit même aux ennemis d'Anne d'Autriche et se jeta tête baissée dans les troubles de la Fronde.

Un instant La Rochefoucauld avait eu «la chose du monde qui le touchait le plus», le privilège du tabouret pour sa femme. Cette faveur lui avait été accordée grâce à l'intervention du prince de Condé; mais par suite des intrigues de Mazarin, elle lui fut bientôt retirée.[6] Il eut à ce sujet des explications avec le cardinal, qui voulut lui prouver qu'il avait tort d'insister tant pour conserver ce privilège; mais La Rochefoucauld réfuta tous les arguments du ministre: *l'intérêt qui aveugle les uns, fit*, paraît-il, *sa lumière.*[7] Lui-même pourtant ne pensait pas avoir eu besoin de ces «lumières que l'intérêt fait trouver même aux plus stupides, pour découvrir le faible de l'artifice (du cardinal) et des moyens qu'il tenait pour y réussir.[8]»

Pendant la guerre de la Fronde, La Rochefoucauld se distingua dans plus d'une rencontre, entre autres à la défense de Bordeaux, en l'affaire de Bleneau et au combat qui se livra au faubourg Saint-Antoine. Même son plus grand ennemi,

[1] Maxime 238.
[2] *Mémoires*, p. 94; cf. p. 109.
[3] Maxime 114.
[4] Voir plus haut, p. 16.
[5] Maxime 270.
[6] *Mémoires*, p. 148.
[7] Maxime 40.
[8] *Apologie de Monsieur le prince de Marcillac*, p. 465.

le cardinal de Retz, ne lui conteste pas l'intrépidité. « Monsieur de La Rochefoucauld, dit-il, signala son courage dans tout le cours du siège, et particulièrement à la défense de la demi-lune (à Bordeaux), où il y eut assez de carnage; mais il fallut enfin céder au plus fort.[1] » Madame de Motteville lui rend le même témoignage. « Du côté des assiégés, les deux généraux (les ducs de Bouillon et de La Rochefoucauld) se trouvèrent partout à la défense de leurs gens. Les royalistes attaquèrent toujours vaillamment, et les rebelles se défendirent de même. Le comte de Palluau fut repoussé en une demi-lune qu'il voulut emporter; et par trois fois le duc de La Rochefoucauld la lui fit quitter, assisté des gardes du prince de Condé et des siens. Et, s'il n'avait point combattu contre le roi, il aurait mérité beaucoup de louanges de sa valeur.[2] » Le duc lui-même raconte à propos du siège de Bordeaux le fait suivant: « Comme il y avait trop peu d'infanterie dans Bordeaux, outre les bourgeois, pour relever la garde des postes attaqués, et que ce qui n'avait point été tué ou blessé était presque hors de combat à force de tirer et par la fatigue de treize jours de garde, le duc de Bouillon les fit rafraîchir par la cavalerie, qui mit pied à terre, et lui et le duc de La Rochefoucauld y demeurèrent les quatre ou cinq derniers jours, sans en partir, afin d'y retenir plus de gens par leur exemple.[3] » La Rochefoucauld possédait donc *l'intrépidité, cette force extraordinaire de l'âme qui l'élève au-dessus des troubles, des désordres et des émotions que la vue des grands périls pourrait exciter en elle. C'est par cette force que les héros se maintiennent en un état paisible et conservent l'usage libre de leur raison dans les accidents les plus surprenants et les plus terribles.*[4] *Il ne se relâcha, ni se rebuta par la durée de l'action.*[5] Quoiqu'il fût très exposé au siège de Bordeaux, il eut assez *d'adresse et d'esprit pour éviter la mort.*[6] Aussi longtemps qu'il fut partisan de la Fronde, *il s'exposa ainsi autant qu'il était nécessaire pour faire réussir le dessein pour lequel il s'exposait.*[7] Personne n'ignore qu'il eut au combat du faubourg Saint-Antoine une blessure qui faillit lui faire perdre la vue.[8]

La parfaite valeur, qu'il déployait dans les grandes occasions, ne lui fit pas

---

[1] Cardinal de Retz: *Mémoires*, II, p. 238.
[2] Madame de Motteville: *Mémoires*, tome III, p. 227.
[3] *Mémoires*, p. 203.
[4] Maxime 217.
[5] Maxime 215.
[6] Maxime 221.
[7] Maxime 219.
[8] Voir p. 15.

défaut, lorsqu'il fut seul, *sans témoin.*[1] Le marquis de Noirmoustier, qui faisait partie de la garnison de Paris, sortit un jour avec 700 ou 800 chevaux et quelques hommes d'infanterie pour escorter un grand convoi qui venait du côté de la Brie. La Rochefoucauld lui amena du renfort.[2] Ils étaient convenus entre eux de se secourir, au cas que le comte de Grancey vînt attaquer l'un des deux. Le comte de Grancey alla à la rencontre de La Rochefoucauld dans les environs de Grosbois; mais le marquis de Noirmoustier abandonna le duc à son sort et continua son chemin sans se mettre en peine de lui. La Rochefoucauld ne recula pas, il opposa une vive résistance, jusqu'à ce qu'une grave blessure l'eût mis hors de combat.[3]

La valeur de la Rochefoucauld n'était pas tout à fait *exempte de vanité.*[4] En effet c'est pour lui-même et pour le duc de Bouillon qu'il revendique le mérite de la défense de Bordeaux [5]; il semble avoir fait grand cas des louanges qui lui furent décernées par ses amis et par ses ennemis. « Les ducs de Bouillon et de La Rochefoucauld, rapporte Madame de Motteville, se défendirent si habilement, que leur conduite, par leur résistance, fut estimée dans les deux partis; et les princes eurent sujet de se louer de leurs services et de leur fidélité.[6] » *Ces louanges qu'on lui donna le fortifièrent* dans le parti de Condé et *celles qu'on donna à sa valeur contribuèrent à l'augmenter.*[7]

La Rochefoucauld n'en voulut pas au marquis de Noirmoustier de l'avoir lâchement abandonné; car celui-ci semblait avoir agi plutôt *par faiblesse que par un dessein formé de trahir.*[8] « Je joignis, raconte La Rochefoucauld, le comte de Matha, maréchal de camp, et nous arrivâmes ensemble à Paris. Je le priai de ne rien dire de ce qu'il avait vu faire à Noirmoustier, et je ne fis aucune plainte contre lui; j'empêchai même qu'on ne punît la lâcheté des troupes qui m'avaient abandonné et qu'on ne les fît tirer au billet.[9] »

La Rochefoucauld rendit de grands services aux Frondeurs non seulement par

---

[1] Maxime 216.

[2] Au commencement de la guerre, La Rochefoucauld s'était offert à fournir des chevaux à ce même marquis de Noirmoustier, au prince de Conti et au duc de Longueville, lorsqu'ils voulurent se rendre une fois de Saint-Germain à Paris à une heure de la nuit. La Rochefoucauld aurait pu s'attirer par sa complaisance les plus grosses difficultés. Voir *Mémoires*, p. 115.

[3] *Mémoires*, p. 125.

[4] Maxime 220.

[5] *Mémoires*, p. 211.

[6] Madame de Motteville : *Mémoires*, III, p. 220.

[7] Maxime 150.

[8] Maxime 120.

[9] *Mémoires*, p. 127.

sa bravoure, sa valeur, son intrépidité, mais encore par les sages conseils qu'il donna et par les missions délicates dont il consentit à se charger, et dont il s'acquitta à la grande satisfaction des intéressés. Lors des fêtes et des réjouissances de Saint-Maur (commencement de juillet 1651), les esprits étaient assez disposés à la paix. Il y avait à craindre que Madame de Longueville ne détournât son frère, le grand Condé, d'écouter les propositions d'accommodement. Pour soustraire Condé à l'influence funeste de sa sœur, La Rochefoucauld engagea la duchesse à se retirer à Montrond. Le conseil donné par La Rochefoucauld fut approuvé par Madame de Longueville, et Condé voulut qu'il fût suivi bientôt après.[1] Comme on le voit, La Rochefoucauld avait employé *l'éloquence qui consiste surtout dans le choix des paroles* [2], et *qui ne dit que ce qu'il faut.*[3] Déjà avant les troubles de la Fronde, il avait su engager la reine à rappeler la duchesse de Chevreuse, de qui il attendait beaucoup [4] et pour qui il avait une de ces *passions qui rendent éloquent et qui persuadent toujours.*[5] C'est ainsi que La Rochefoucauld conciliait *son propre intérêt et sa gloire dans les conseils qu'il donnait.*[6] C'est aussi *par intérêt qu'il loua* [7] le cardinal Mazarin pendant les entrevues secrètes qu'il eut avec lui lors de la guerre de la deuxième Fronde au Palais-Royal «d'avoir soutenu avec tant de gloire et de fermeté le poids des affaires dans des temps si difficiles», et qu'il lui fit «paraître qu'il recevait avec beaucoup de respect et de reconnaissance les marques particulières qu'il lui donnait de son estime et de son amitié.[8]» La Rochefoucauld désirait alors une paix solide et définitive ainsi que l'élargissement des princes qui étaient encore retenus prisonniers au Hâvre.

Les blessures que La Rochefoucauld avait reçues pendant la guerre et le peu de résultats qu'on obtenait dans la lutte contre la cour l'avaient complètement désillusionné. Il vit qu'en s'engageant dans la Fronde, il avait suivi *plutôt son goût que son véritable intérêt* [9], *que l'amour* de Madame de Longueville *lui avait fait faire des fautes bien ridicules.*[10] Il fut las de la guerre, et il chercha un

---

[1] *Mémoires*, p. 274.
[2] Maxime 249.
[3] Maxime 250.
[4] Voir plus haut, p. 12.
[5] Maxime 8.
[6] Maxime 116.
[7] Maxime 144.
[8] *Mémoires*, p. 224.
[9] Maxime 390.
[10] Maxime 422.

accommodement avec Mazarin. « La réconciliation avec nos amis n'est qu'un désir de rendre notre condition meilleure, une lassitude de la guerre et une crainte de quelque mauvais événement.[1] » Son désir de la paix était aussi une sorte *de paresse qui usurpa sur ses desseins, détruisit et consuma la passion* avec laquelle il s'était jeté dans les troubles de la Fronde.[2] *Les hommes qu'il avait outragés, cessèrent de le haïr*[3], et *le mal qu'il venait de faire ne lui attira pas la persécution et la haine que ses bonnes qualités*, les services qu'il avait rendus, *lui avaient attirées.*[4]

Cependant, la paix conclue, La Rochefoucauld voulut prendre la revanche de sa défaite. Selon sa propre expression, il n'était pas incapable de se venger, il le fit. Il voulut se venger de tous ceux dont il avait besoin de flétrir l'égoïsme hypocrite, et il écrivit le livre des *Mémoires*. *Son orgueil* avait été blessé par *l'orgueil des autres.*[5] La Rochefoucauld avait *ses défauts;* l'intérêt, l'amour-propre l'avaient fait entrer dans la Fronde; *il eut alors* un âpre *plaisir*, une joie bien douce *à remarquer les défauts des autres*[6], à jeter le discrédit *sur cette société qui ne se composait que de dupes*[7], à flétrir chez ces gens *les vices qui* les faisaient agir et *qui les attendaient, au fur et à mesure qu'ils avançaient en âge, comme des hôtes chez qui il fallait successivement loger.*[8] *Le hasard* ou plutôt la bonne fortune le conduisit dans le salon de Madame de Sablé, où il eut l'occasion de composer des maximes et de montrer *des propriétés cachées*[9] qui lui attirèrent beaucoup de louanges.[10] Il croyait en avoir mérité de grandes par les nombreux services qu'il avait rendus à plusieurs personnes. Ne les ayant pas obtenues, il prit soin *de se faire valoir par de petites choses.*[11] Ces petites choses, ne sont-elles pas les *Maximes*, que La Rochefoucauld pouvait, il est vrai, regarder comme de petites choses, mais que la postérité jugea tout autrement ? Ce furent en effet les *Maximes* qui assurèrent à leur auteur une gloire durable, une gloire plus grande que celle qu'il avait rêvée à la guerre et dans les intrigues politiques.

---

[1] Maxime 82.
[2] Maximes 266 et 398.
[3] Maxime 14.
[4] Maxime 29.
[5] Maxime 34.
[6] Maxime 31.
[7] Maxime 87.
[8] Maxime 191.
[9] Maxime 344.
[10] Voir plus haut, p. 4 et suivante.
[11] Maxime 272.

La Rochefoucauld *ne refusa pas les louanges* qu'on donnait à son talent d'observateur et de moraliste, car il aurait paru *désirer être loué deux fois*.[1] « J'ai de l'esprit, dit-il dans son *Portrait*, et je ne fais point difficulté de le dire, car à quoi bon façonner là-dessus? Tant biaiser et tant apporter d'adoucissement pour dire les avantages que l'on a, c'est, ce me semble, cacher un peu de vanité sous une modestie apparente.[2] » Nous venons de voir comment il ne fait pas difficulté de reconnaître ses torts, ses défauts, le mobile de ses actions, la naïveté qui lui faisait croire à une amitié vraie et sincère ainsi qu'à la reconnaissance. C'est là la conduite *des vrais honnêtes gens: ils connaissent parfaitement leurs défauts et ils les confessent;* tandis que *les faux honnêtes gens sont ceux qui déguisent leurs défauts aux autres et à eux-mêmes.*[3]

Dans ses *Mémoires* La Rochefoucauld raconte non seulement ses propres faits et gestes, mais encore la conduite des différents personnages qui avaient été en rapport avec lui. Il voulait se justifier lui-même de ses insuccès, mettre dans leur vrai jour tous ceux auxquels il portait rancune et faire connaître à ses contemporains ainsi qu'aux siècles futurs les injustices que les autres avaient commises à son détriment. De même que nous retrouvons l'auteur des *Mémoires* dans un grand nombre de ses maximes, il ne sera pas difficile de voir dans d'autres ce qu'il pense de beaucoup de personnes qui ont vécu avec lui, surtout de celles dont il avait eu à se plaindre, et dont il voulait se venger.

Louis XIII.

Lorsque La Rochefoucauld se mêla aux affaires publiques, il y avait en France un roi dont on peut dire qu'il régnait, mais qu'il ne gouvernait pas. La Rochefoucauld croit que la plupart des hommes, même les plus puissants, ne peuvent guère se soustraire à l'influence des autres, « qu'il est plus difficile de s'empêcher d'être gouverné que de gouverner[4] »; Louis XIII au contraire « voulait être gouverné », quoiqu'il portât quelquefois « impatiemment de l'être.[5] » — « Il avait un esprit de détail appliqué uniquement à de petites choses[6] » qui le rendit *incapable*

[1] Maxime 149.
[2] *Portrait de La Rochefoucauld fait par lui-même*, dans l'édition de Gilbert, p. 7.
[3] Maxime 202.
[4] Maxime 151.
[5] *Mémoires*, p. 2.
[6] *Ibid.*

des grandes[1], « et ce qu'il savait de la guerre convenait plus à un simple officier qu'à un roi.[2] » Il fut amoureux de Mademoiselle de Hautefort, presqu'aussitôt qu'elle fut sortie de l'enfance. *Tout en aimant* Mademoiselle de Hautefort, *il trouva moyen d'être occupé plus de sa passion que de la personne qu'il aimait*[3], et *il était plus disposé à sacrifier le repos de son amante qu'à perdre le sien.*[4] « Cet amour, rapporte La Rochefoucauld, ne ressemblait pas à celui des autres hommes, la vertu de cette jeune personne ne fut jamais attaquée. Elle acquit plus de réputation que de bien dans le cours de cette galanterie, et le roi lui témoignait plus de passion par de longues et pénibles assiduités et par sa jalousie que par les grâces qu'il lui faisait.[5] »

Si Louis XIII n'était pas sévère pour lui-même quant aux mœurs, il exigeait par contre de la reine Anne d'Autriche une fidélité irréprochable. En effet, lorsque la reine fut accusée d'avoir été complice de Chalais, qu'on soupçonnait d'avoir attenté à la vie du roi, pour que Monsieur, le frère du roi, pût épouser la reine, Louis XIII entra dans une grande colère contre elle, il « demeura persuadé toute sa vie[6] » de la culpabilité de son épouse, et il lui fut *impossible de l'aimer une seconde fois.*[7] La reine recevait aussi les hommages de Richelieu. Marie de Médicis, la mère de Louis XIII, en avertit son fils. Celui-ci « en fut vivement touché; il parut même disposé à chasser le cardinal et demanda à la reine-mère qui on pourrait mettre à sa place dans le ministère; elle hésita, et ne lui osa nommer personne, soit qu'elle appréhendât que ses créatures ne lui fussent pas agréables, ou qu'elle n'eût pas pris ses mesures avec celui qu'elle y voulait établir. Cette faute de la reine-mère causa sa perte et sauva le cardinal: le roi, paresseux et timide, craignit le poids des affaires, et de manquer d'un homme capable de l'en soulager.[8] » C'est donc *par paresse et par crainte que le roi ne fit pas ressentir son courroux* au ministre et qu'il lui pardonna.[9]

La faiblesse fut le défaut dominant de Louis XIII; toute sa vie ne fut qu'une longue suite de faiblesses, *dont il ne put se corriger.*[10] « Le cardinal de Richelieu,

---

[1] Maxime 41.
[2] *Mémoires*, p. 3.
[3] Maxime 500.
[4] Maxime 262.
[5] *Mémoires*, p. 21.
[6] *Mémoires*, p. 7.
[7] Maxime 286.
[8] *Mémoires*, p. 14.
[9] Maxime 16.
[10] Maxime 130.

écrit La Rochefoucauld, a été maître absolu du royaume de France pendant le règne d'un roi qui lui laissait le gouvernement de son État, lorsqu'il n'osait lui confier sa propre personne; le cardinal avait aussi les mêmes défiances du roi, et il évitait d'aller chez lui, craignant d'exposer sa vie ou sa liberté; le roi néanmoins sacrifie Cinq-Mars, son favori, à la vengeance du cardinal, et consent qu'il périsse sur un échafaud. Ensuite le cardinal meurt dans son lit; il dispose par son testament des charges et des dignités de l'État, et oblige le roi, dans le plus fort de ses soupçons et de sa haine, à suivre aussi aveuglément ses volontés après sa mort, qu'il avait fait pendant sa vie.[1] » Une fois cependant Louis XIII voulut faire preuve d'indépendance de caractère; ce fut après la mort de Richelieu, lorsqu'il gracia un assez grand nombre de gentilshommes que Richelieu avait exilés ou jetés en prison. Toutefois *cette clémence ne fut qu'une politique pour gagner l'affection de ses sujets*[2]: « le roi, raconte La Rochefoucauld, voulut donner, dans la fin de sa vie, quelques marques de clémence, par un sentiment de piété, ou pour témoigner que le cardinal de Richelieu avait eu plus de part que lui aux violences qui s'étaient faites depuis l'éloignement de la reine-mère. Il consentit de faire revenir à la cour le duc de Vendôme et ses deux fils, les ducs d'Elbœuf et de Bellegarde, le maréchal de Bassompierre et le comte de Cramail, Monsieur de Châteauneuf, le commandeur de Jars, Vautier et plusieurs autres furent mis en liberté.[3] »

Richelieu.

Le ministre qui gouvernait, pendant que Louis XIII régnait, était le cardinal de Richelieu. Il savait comment il fallait s'y prendre pour entrer dans les bonnes grâces du roi, il ménageait son amour-propre, son *plus grand flatteur*[4], et il s'emparait ainsi de l'esprit de son maître.[5]

Richelieu avait *un mérite extraordinaire*, il était libéral, hardi dans ses projets, son esprit était vaste et pénétrant[6]; *même ses ennemis furent contraints de le louer.*[7] La Rochefoucauld qui s'était joint de bonne heure aux ennemis du cardinal

---

[1] *Réflexions diverses de La Rochefoucauld*, dans l'édition de Gilbert, p. 334.
[2] Maxime 15.
[3] *Mémoires*, p. 58.
[4] Maxime 2.
[5] *Mémoires*, p. 17.
[6] *Mémoires*, p. 3.
[7] Maxime 95.

avait eu à subir plus d'un « mauvais traitement », plus d'une « disgrâce » de la part du puissant ministre [1]; néanmoins il est forcé de faire de lui l'éloge suivant: « Quelque joie que dussent recevoir ses ennemis de se voir à couvert de tant de persécutions (par suite de la mort du cardinal), la suite a fait connaître que cette perte fut très préjudiciable à l'État, et que, puisqu'il en avait osé changer la forme en tant de manières, lui seul le pouvait maintenir utilement, si son administration et sa vie eussent été de plus longue durée. Nul que lui n'avait bien connu jusqu'alors toute la puissance du royaume, et ne l'avait su remettre entière entre les mains du souverain. La sévérité de son ministère avait répandu beaucoup de sang, les grands du royaume avaient été abaissés, les peuples avaient été chargés d'impositions; mais la prise de La Rochelle, la ruine du parti huguenot, l'abaissement de la maison d'Autriche, tant de grandeur dans ses desseins, tant d'habileté à les exécuter, doivent étouffer les ressentiments particuliers et donner à sa mémoire les louanges qu'elle a justement méritées.[2] »

Un homme surtout semblait pouvoir entraver Richelieu dans la réalisation de ses vastes projets et vouloir enlever au grand cardinal le poste « qu'il croyait lui appartenir. » Cet homme était Monsieur le Grand, le marquis de Cinq-Mars. La faveur dont il jouissait auprès du roi « était devenue suspecte au cardinal de Richelieu, qui l'avait commencée; il connut bientôt la faute qu'il avait faite de faire chasser Mademoiselle de Hautefort et Mademoiselle de Chemerault, qui ne lui pouvaient nuire auprès du roi et d'y établir un jeune homme ambitieux, fier par sa fortune, plus fier encore par son élévation naturelle et par son esprit, mais peu capable d'être retenu par la reconnaissance des avantages que le maréchal d'Effiat, son père, et lui avaient reçus du cardinal de Richelieu.[3] » Celui-ci *devint* donc *jaloux* [4] de son ancien protégé, *dont la vanité insupportable le blessait* profondément.[5] Quoique Richelieu fût « timide pour sa personne [6] », il ne recula devant aucun obstacle pour anéantir son rival. *L'amour-propre* du cardinal *engendra la passion contraire à la timidité, l'audace* [7], et il n'eut de repos que le roi n'eût sacrifié le favori à sa vengeance.[8]

---

[1] Voir plus haut, p. 11, 13, 19.
[2] *Mémoires*, p. 47.
[3] *Mémoires*, p. 43.
[4] Maxime 28.
[5] Maxime 389.
[6] *Mémoires*, p. 3.
[7] Maxime 11.
[8] Voir plus haut, p. 29.

La journée des dupes avait commencé par la disgrâce de Richelieu, et il s'en fallut de peu qu'il ne fût renversé. Il est évident qu'en elle-même la chose n'aurait pas été impossible; mais *il manquait* à ses ennemis *l'application* nécessaire *pour la faire réussir*[1]; *il n'y eut pas de proportion entre leurs actions et leurs desseins.*[2] Dès que le bruit de la disgrâce du cardinal fut répandu, « personne ne douta plus qu'il ne fût entièrement perdu, et toute la cour en foule vint trouver la reine-mère pour prendre part à son triomphe imaginaire. On se repentit bientôt de cette déclaration, quand on sut que le roi était allé ce même jour à Versailles, et que le cardinal l'y avait suivi.... On conseilla à la reine d'y accompagner le roi, et de ne le laisser pas exposé, dans une telle conjoncture, à ses propres incertitudes et aux artifices du cardinal; mais la crainte de s'ennuyer à Versailles et d'y être mal logée lui parut une raison insurmontable, et lui fit rejeter un avis si nécessaire.[3] » Marie de Médicis commit ainsi une imprudence qui eut pour elle les suites les plus fâcheuses; la chute de son ennemi, qu'elle avait obtenue un instant du roi son fils, cet *heureux accident* tourna à son préjudice, et l'habile ministre tira les plus grands avantages du *malheureux accident*[4] qui venait de lui arriver. *En vrai grand homme, il sut profiter de toute sa fortune*[5]: la reine-mère « fut arrêtée prisonnière, et ses malheurs ont duré autant que sa vie. On les sait assez, et qu'elle enveloppa dans sa perte un grand nombre de personnes de qualité. Le grand prieur de Vendôme et le maréchal d'Ornane étaient morts en prison quelque temps auparavant; le duc de Vendôme y était encore; la princesse de Conti et le duc de Guise, son frère, furent chassés; le maréchal de Bassompierre fut mis à la Bastille; le maréchal de Marillac eut la tête tranchée; on ôta les sceaux à son frère, pour les donner à Monsieur de Châteauneuf. La révolte de Monsieur fit périr le duc de Montmorency sur un échafaud; le garde des sceaux de Châteauneuf, qui avait été nourri page du connétable de Montmorency, son père, fut contraint d'être son juge.[6] » C'est ainsi que *la vengeance et la cruauté entrèrent dans la composition des vertus* qui ont fait de Richelieu un des plus grands hommes d'État de tous les temps.[7]

---

[1] Maxime 243.
[2] Maxime 161.
[3] *Mémoires*, p. 17.
[4] Maxime 59.
[5] Maxime 343.
[6] *Mémoires*, p. 18.
[7] Maxime 182.

Richelieu avait, comme il a été dit [1], une certaine inclination pour la reine Anne d'Autriche. Cependant *si on juge de l'amour* de Richelieu *par la plupart de ses effets, il ressemblait plus à la haine qu'à l'amitié* [2]; *plus il aimait la reine, plus il était prêt de la haïr.* [3] « La passion, écrit La Rochefoucauld, qu'il avait eue depuis longtemps pour la reine, s'était convertie en dépit [4]...., le cardinal voulait intimider la reine et lui faire sentir le besoin qu'elle avait de ménager sa passion. [5] » *Il croyait aimer* la reine *pour elle-même; mais il fut bien trompé.* [6] Lorsque le duc de Buckingham (que La Rochefoucauld appelle toujours Bouquinquan) arriva en France pour épouser Madame, la sœur de Louis XIII, au nom du roi d'Angleterre, il eut des relations assez équivoques avec la reine. Richelieu *en fut jaloux, et son amour-propre ne put souffrir* que l'Anglais lui fût préféré. [7] « L'orgueil et la jalousie du cardinal de Richelieu furent également blessés de cette conduite de la reine, et il donna au roi toutes les impressions qu'il était capable de recevoir contre elle. [8] »

Richelieu « devait toute son élévation à la reine-mère. [9] » Il sembla *perdre le souvenir des bienfaits* dont elle l'avait comblé, en la faisant exiler. D'un autre côté, lui-même *cessa plus d'une fois de haïr ceux qui lui avaient fait des outrages.* [10] « Sur la fin de cette campagne, raconte La Rochefoucauld, où on avait dit du bien de moi au cardinal de Richelieu, sa haine commença à se ralentir; il voulut même m'attacher à ses intérêts. [11] » La Rochefoucauld aime à opposer la noble conduite de Richelieu à celle de Mazarin. « Quoique six ans de disgrâce et de bannissement, dit-il, n'eussent pas empêché le cardinal de Richelieu, qui en était cause, de le choisir (le père de La Rochefoucauld), en six cent trente-six, pour aller commander en Poitou, Xaintonge et Angoumois, et de donner ordre à Messieurs de Brassac et de Parabère de le venir trouver et de recevoir les siens; quoique cet emploi lui eût assez bien succédé pour offrir au feu roi de lui mener en Picardie douze cents gentilshommes et six mille hommes de pied, et quoique ce prince et son premier ministre eussent dit séparément qu'il n'y avait que lui en France capable de cela,

---

[1] Voir plus haut, p. 28.
[2] Maxime 72.
[3] Maxime 111.
[4] *Mémoires*, p. 3.
[5] *Mémoires*, p. 6.
[6] Maxime 374.
[7] Maxime 324.
[8] *Mémoires*, p. 9.
[9] *Mémoires*, p. 3.
[10] Maxime 14.
[11] *Mémoires*, p. 41.

toutes ces choses-là, dis-je, n'obligèrent pas le cardinal Mazarin à le traiter mieux qu'il ne me traitait, et il eut le déplaisir de se voir dédaigner de celui qu'il croyait son parfait ami, après que le plus cruel de ses ennemis, postposant la haine à l'estime, lui avait confié un si grand intérêt, et lui avait donné une si notable occasion de gloire.[1]»

Mazarin.

Le successeur de Richelieu au ministère fut son protégé, le cardinal Mazarin. La comparaison entre ces deux hommes d'État que nous venons de citer, prouve suffisamment que La Rochefoucauld porte sur le ministre italien un jugement moins favorable que sur son prédécesseur. Il ne lui reconnaît pas *un mérite extraordinaire*, un génie supérieur comme à Richelieu. La grandeur de Mazarin fut aux yeux de La Rochefoucauld *l'effet du hasard ou de quelque petit dessein* [2], *de son humeur ou de ses passions* [3]; *quelque grandes que fussent ses actions, elles ne devaient pas passer pour grandes, puisqu'elles n'étaient pas l'effet d'un grand dessein* [4], et que le cardinal « avait de petites vues, même dans ses plus grands projets.[5]» Il ne savait pas *régler le rang de ses intérêts et les conduire chacun dans son ordre; son avidité le troublait, le faisait courir à beaucoup de choses à la fois; en désirant les moins importantes, il manquait les plus considérables.*[6] « Il était maître absolu, lisons-nous dans les *Mémoires*, de l'esprit de la reine et de Monsieur, et plus sa puissance augmentait dans le cabinet, et plus elle était odieuse dans le royaume; il en abusait toujours dans la prospérité, et il paraissait toujours faible et timide dans les mauvais succès. Ces défauts, joints à son manque de foi et à son avarice, le firent bientôt haïr et mépriser, et disposèrent tous les corps du royaume et la plus grande partie de la cour à désirer un changement.[7]» C'est ainsi qu'en partie *l'avarice lui fit perdre la chose la plus importante*, la possession tranquille de son ministère; *cette passion l'éloigna de son but et lui causa le plus grand préjudice dans l'avenir.*[8]

---

[1] *Apologie de Monsieur le prince de Marcillac*, p. 461.
[2] Maxime 57. Voir dans l'édition de Gilbert, p. 54, note 4, la forme qu'avait cette maxime dans la première édition des *Maximes* (1665).
[3] Maxime 7.
[4] Maxime 160.
[5] *Mémoires*, p. 63.
[6] Maxime 66.
[7] *Mémoires*, p. 101.
[8] Maxime 491.

Mazarin s'était rendu maître de l'esprit du roi [1], *en flattant* lui aussi *son amour-propre* [2], et il s'était insinué dans les bonnes grâces de la reine par différentes ruses et tromperies [3]; de sorte que, *s'il faut mesurer la gloire* du cardinal *aux moyens dont il s'est servi pour l'acquérir*, il ne mériterait guère d'être estimé.[4] En succédant à Richelieu, ses espérances avaient été satisfaites; il ne pouvait pas monter plus haut; mais *il n'avait pas la vertu nécessaire pour soutenir cette bonne fortune.*[5] *Son humeur*, qui était « souple » [6] et *bizarre* [7], son amour-propre, son avarice, ses autres passions *lui attirèrent des malheurs.*[8] Une révolte ouverte éclata contre lui, et il eut bien de la peine à l'étouffer. Il arriva enfin à faire signer le traité de paix de Bourg qui mit fin aux hostilités dans la Guyenne; en outre le maréchal du Plessis, qui se trouvait à la tête de l'armée de la cour, infligea près de Rethel une petite défaite aux insurgés commandés par Turenne. « Après cette victoire, le cardinal, qui s'était avancé jusqu'à Rethel, retourna à Paris comme en triomphe, et parut si enflé de cette prospérité, qu'il renouvela dans tous les esprits le dégoût et la crainte de sa domination.[9] » Aussi bien « leur haine (celle des Frondeurs) s'augmenta encore par la hauteur avec laquelle le cardinal traita tout le monde à son retour. Il se persuada aisément qu'ayant fait conduire les Princes au Hâvre et pacifié la Guyènne, il s'était mis au-dessus des cabales: de sorte qu'il négligea ceux dont il avait le plus de besoin et ne songea qu'à assembler un corps d'armée pour reprendre Rethel et Château-Portien.[10] » Comme on le voit, ces succès ne firent qu'affermir Mazarin dans sa première ligne de conduite; *ses malheurs ne l'avaient pas corrigé*, et il crut pouvoir agir comme par le passé, maintenant que *la fortune lui avait de nouveau souri.*[11] Il n'eut pas *la modération, qui consiste à paraître dans la plus haute élévation plus grand que la fortune* [12], il retomba dans ses anciennes fautes, et « réveilla contre lui l'envie et la haine publique.[13] »

---

1 *Mémoires*, p. 53.
2 Maxime 2.
3 *Mémoires*, p. 54.
4 Maxime 157.
5 Maxime 25.
6 *Mémoires*, p. 63.
7 Maxime 45.
8 Maximes 47 et 61.
9 *Mémoires*, p. 217.
10 *Mémoires*, p. 215.
11 Maxime 227.
12 Maxime 18.
13 *Mémoires*, p. 217.

La Rochefoucauld accuse Mazarin principalement de duplicité et d'hypocrisie: « sa mauvaise foi, sa faiblesse et ses artifices étaient connus.[1] » Or, « les personnes faibles ne peuvent être sincères.[2] » D'ailleurs, ajoute La Rochefoucauld, « il savait feindre toutes sortes de personnages.... Il cachait son ambition et son avarice sous une modération affectée: il déclarait qu'il ne désirait rien pour lui, et que toute sa famille étant en Italie, il voulait adopter pour ses parents tous les serviteurs de la reine et chercher également sa sûreté et sa grandeur à les combler de biens.[3] » *L'intérêt parlait* ainsi *toutes sortes de langues et jouait toutes sortes de personnages, même celui de désintéressé*[4]*; l'accent du pays où il était né, demeurait dans son esprit et dans son cœur, comme dans son langage.*[5] L'auteur des *Maximes* ne le range pas dans la classe des *honnêtes gens*[6]: « c'est bien peu, dit-il, de lui avoir ouï dire ou de lui avoir vu faire quelque chose pour s'oser promettre de l'en faire demeurer d'accord; et ce n'est qu'à se démentir soi-même, à toute heure, qu'on peut s'assurer que la hardiesse ne lui manque point.[7] » Plus loin il donne encore une autre preuve du peu de bonne foi du ministre *qui désapprouvait dans un temps ce qu'il avait approuvé dans un autre.*[8] La Rochefoucauld était entré avec lui en négociations au sujet du gouvernement de la province de Poitou. « Le cardinal biaisa, dit La Rochefoucauld, selon sa coutume, et soit qu'il témoignât un jour de l'affection ou de l'indifférence pour ce traité, il ne manquait jamais, dès le lendemain, de témoigner tout le contraire. Je reconnus à cela qu'il en voulait faire notre amusement, et que par l'interposition de ce fantôme, nous ôtant la vue de ce qui se présentait de plus véritable et de plus réel, il faisait que toutes ces choses-là s'éclipsaient pour nous.[9] »

Mazarin *promettait* beaucoup à ceux dont il attendait un service; la *mesure de ses promesses se basait sur ses espérances; mais il ne tenait* ce qu'il avait promis qu'autant qu'il y était forcé, c'est-à-dire *selon ses craintes.*[10] » Il savait éluder, dit La Rochefoucauld dans le portrait qu'il a tracé du successeur de Richelieu, les prétentions de ceux qui lui demandaient des grâces, en leur faisant

[1] *Mémoires*, p. 99.
[2] Maxime 316.
[3] *Mémoires*, p. 63.
[4] Maxime 39.
[5] Maxime 342.
[6] Maxime 202.
[7] *Apologie de Monsieur le prince de Marcillac*, p. 440.
[8] Maxime 51.
[9] *Apologie de Monsieur le prince de Marcillac*, p. 451.
[10] Maxime 38.

espérer de plus grandes, et il leur accordait souvent par faiblesse ce qu'il n'avait jamais eu l'intention de leur donner.[1] » Parlant d'un fait personnel, l'auteur des *Maximes* nous dit : « il me paraissait que le cardinal voulait quelquefois me ménager, et qu'il feignait de désirer mon amitié ; il savait que la reine s'était engagée à moi, dans tous les temps, de donner à ma maison les mêmes avantages qu'on accordait à celles de Rohan et de La Trimouille et à quelques autres ; je me voyais si éloigné des grâces solides, que je m'étais arrêté à celle-là. J'en parlai au cardinal en partant ; il me promit positivement de me l'accorder dans peu de temps, mais qu'à mon retour j'aurais les premières lettres de duc qu'on accorderait, afin que ma femme eût cependant le tabouret. J'allai en Poitou, dans cette attente, et j'y pacifiai les désordres ; mais j'appris que bien loin de me tenir les paroles que le cardinal m'avait données, il avait accordé des lettres de duc à six personnes de qualité, sans se souvenir de moi.[2] » Comme nous l'avons déjà remarqué[3], Condé demanda aussi pour La Rochefoucauld le privilège du tabouret. Le cardinal donna « toutes les démonstrations publiques de vouloir non seulement entrer dans les sentiments de Monsieur le Prince, mais encore dans les intérêts de ses amis, bien qu'en effet il y fût directement contraire, comme il le fit voir dans une rencontre qui se présenta. Monsieur le Prince ayant obtenu pour la maison de La Rochefoucauld les mêmes avantages de rang qui avaient été accordés à celles de Rohan, de Foix et de Luxembourg, le cardinal fit demander une pareille grâce pour celle d'Albret, et suscita en même temps une assemblée de noblesse pour s'y opposer ; mais, soit qu'il en craignît enfin les suites ou qu'il feignît de les craindre, il aima mieux faire révoquer ce qu'on avait déjà fait en faveur des autres maisons, que de maintenir ce que Monsieur le Prince avait obtenu pour celle du prince de Marcillac.[4] »

Condé fut aussi plus d'une fois victime des tromperies de Mazarin. Pour brouiller le prince avec les Frondeurs et l'arrêter plus facilement, le cardinal avait combiné une fausse tentative d'assassinat que les Frondeurs étaient supposés avoir dirigée contre la personne de leur chef. Ce dernier fut convaincu que les Frondeurs avaient voulu réellement attenter à ses jours, et il résolut de se venger d'eux. Mazarin tâcha « de mettre l'affaire entre les mains du Parlement pour endormir et pour mortifier Monsieur le Prince par les retardements et par le déplaisir de se voir, de même que ses ennemis, aux pieds des juges dans la condition de suppliant », et « il ne

[1] *Mémoires*, p. 63.
[2] *Mémoires*, p. 104.
[3] Voir plus haut, p. 22.
[4] *Mémoires*, p. 147.

manqua pas d'employer des prétextes apparents pour l'y conduire adroitement.[1] » Il lui donna des conseils qui ne furent rien moins que sincères. Dans toute l'affaire il n'« agit pas seulement comme un ministre qui considérait l'intérêt de l'État dans la conservation d'un prince qui lui était si nécessaire; mais il fit paraître plus de soin et plus de zèle encore que les plus proches parents et les plus passionnés amis de Monsieur le Prince.[2] » Condé se laissa gagner par le zèle ardent de Mazarin, il suivit les conseils que celui-ci lui donna, et le cardinal eut la satisfaction de voir Condé favoriser ses intérêts et le « plaisir de le conduire lui-même dans tous les pièges qu'il lui tendait.[3] »

Condé crut un jour pouvoir faire peur au rusé cardinal; mais celui-ci apprit aussitôt « les desseins de Monsieur le Prince.[4] » *Il feignit de tomber dans les pièges qu'on lui tendait* [5]*; il sut cacher habilement ses finesses* [6], et Condé *put être trompé très aisément.*[7] Mazarin, rapporte La Rochefoucauld, « connut bientôt que les desseins de Monsieur le Prince n'allaient à rien de plus qu'à lui faire peur: il crut le devoir entretenir dans cette pensée et faire semblant de le craindre, non seulement pour l'empêcher par ce moyen de prendre des voies plus violentes contre lui, mais aussi pour exécuter plus sûrement et plus facilement le projet qu'il faisait contre sa liberté. Dans cette vue, tous ses discours et toutes ses actions faisaient paraître de l'abattement et de la crainte; il ne parlait que d'abandonner les affaires et de sortir du royaume; il faisait faire tous les jours quelque nouvelle proposition aux amis de Monsieur le Prince pour lui offrir la carte blanche, et les choses passèrent si avant, qu'il convint que désormais on ne donnerait plus de gouvernements de provinces, de places considérables, de charges dans la maison du roi, ni d'offices de la couronne sans l'approbation de Monsieur le Prince, de Monsieur le prince de Conti, de Monsieur et de Madame de Longueville, et qu'on leur rendrait compte de l'administration des finances. Ces promesses si étendues et données en termes généraux faisaient tout l'effet que le cardinal pouvait désirer. Elles éblouissaient et rassuraient Monsieur le Prince et tous ses amis. Elles confirmaient le monde dans l'opinion qu'on avait conçue de l'étonnement du cardinal, et elles faisaient désirer sa conservation à ses ennemis même, par la créance de trouver plus aisément leurs

---

[1] *Mémoires*, p. 158.
[2] *Mémoires*, p. 156.
[3] *Mémoires*, p. 160, cf. Maxime 116.
[4] *Mémoires*, p. 145.
[5] Maxime 117.
[6] Maxime 245.
[7] Maxime 117.

avantages dans la faiblesse de son ministère que dans un gouvernement plus autorisé et plus ferme; enfin il gagnait avec beaucoup d'adresse le temps qui lui était nécessaire pour les desseins qu'il formait contre Monsieur le Prince.[1] »

Pour justifier ses tromperies et ses finesses, Mazarin *n'accusait pas son jugement; mais il se plaignait de sa mémoire*[2]; le défaut de mémoire devait servir « de prétexte et de couverture à celui de sa foi[3] », ou bien il prenait dans son *hypocrisie* les dehors de *la vertu*.[4] « Il eut, dit La Rochefoucauld, quelque honte de montrer ses vices à celui qui montrait encore de ne lui en croire point, et il suspendit au moins ses mauvaises inclinations, tant qu'il me fut permis de lui suggérer de bonnes pensées.[5] » *Ce qui l'empêchait de faire voir le fond de son âme* à La Rochefoucauld, lorsqu'il était encore *son ami, ce n'était pas tant la défiance qu'il avait de celui-ci, que celle qu'il avait de lui-même*[6]; il craignait que son pouvoir ne fût pas encore assez solidement assis. « En effet, continue La Rochefoucauld, soit que ma liberté fût assez discrète pour ne lui fournir nul prétexte de persécution ni de plainte, ou que sa tyrannie ne fût pas encore assez effrontée pour me faire un crime de ma seule circonspection, soit qu'il ne me tînt pas assez détruit dans l'esprit de la reine, et que, se souvenant de l'ordre qu'il avait eu d'elle d'avoir en toute manière mon approbation, il ne pût s'imaginer qu'elle l'eût obligé à cette contrainte pour un homme qu'elle eût peu considéré, il feignit de me considérer extrêmement lui-même, et de me vouloir admettre à ses plus importantes délibérations, de sorte que, s'il avait de tout temps résolu ma perte, il eut au moins le déplaisir de n'oser pas sitôt le faire paraître, et de contribuer en quelque façon à ma gloire, en faisant juger de la grandeur de mes services par celle des récompenses qu'il leur proposait.[7] » Mais dès qu'il remarqua qu'il n'y avait « plus que moi à lui faire douter de ses forces auprès de la reine, il ne tarda pas beaucoup à les reconnaître, et comme la prison et le bannissement lui eurent fait raison de tous ceux qui s'étaient ouvertement bandés contre lui, il commença à me trouver assez criminel de ne m'être pas absolument déclaré contre eux, et ne s'offensa pas moins de voir que je faisais encore l'arbitre, qu'il avait témoigné naguère de m'en savoir gré.[8] » *Quelque méchant que fût* Mazarin,

[1] *Mémoires*, p. 145.
[2] Maxime 89.
[3] *Apologie de Monsieur le prince de Marcillac*, p. 462.
[4] Cf. Maxime 218.
[5] *Apologie de Monsieur le prince de Marcillac*, p. 445.
[6] Maxime 315.
[7] *Apologie de Monsieur le prince de Marcillac*, p. 445.
[8] *Ibid.*, p. 446.

il n'osait donc *paraître ennemi de la vertu, et lorsqu'il voulut persécuter* La Rochefoucauld, qui était innocent, *il lui supposa des crimes.*[1]

Mazarin *avait pu tromper* pendant quelque temps même un Condé, même un La Rochefoucauld, être plus fin que ces deux hommes; *mais il ne put pas être plus fin que tous les autres.*[2] « Le vrai moyen d'être trompé, c'est de se croire plus fin que les autres[3] »; — « le désir de paraître habile empêche souvent de le devenir[4] »; — « l'usage ordinaire de la finesse est la marque d'un petit esprit, et il arrive presque toujours que celui qui s'en sert pour se couvrir en un endroit, se découvre en un autre.[5] » Au commencement de l'année 1651, les Frondeurs s'organisèrent très bien en silence et ne firent remarquer en aucune façon leurs desseins au cardinal, de sorte qu'en se soulevant de nouveau ils surprirent Mazarin qui ne se doutait pas de la reprise des hostilités, et qui fut obligé de quitter le pays. Peu avant la mise en liberté des princes, Mazarin avait espéré gagner le duc de La Rochefoucauld à sa cause; mais celui-ci fit la sourde oreille, il savait à qui il avait affaire, il n'ignorait pas que le ministre qui traitait avec lui avait déjà une fois fait éclater sa fourbe par les soins qu'il avait pris à la cacher.[6] La Rochefoucauld ne voulut pas être *trop aimé* de Mazarin; il aurait eu certes moins de peine à se rapprocher de Richelieu, qui lui avait fait tant de mal.[7] « Mazarin voulut même, dit l'auteur des *Mémoires*, éblouir le duc de La Rochefoucauld de toutes les espérances qui pouvaient le plus flatter son ambition: il lui offrit la disposition entière du mariage de ses trois nièces, pour lui prouver, ce disait-il, par une marque si singulière de confiance et d'estime, quelle préférence il lui voulait donner sur tous ses autres amis. Des offres si grandes et si étendues donnèrent plus de défiance au duc de La Rochefoucauld qu'elles ne lui donnèrent d'espérances.[8] » — « L'habileté que le cardinal Mazarin avait fait paraître en tant d'occasions ne parut pas au duc de La Rochefoucauld dans tout le temps que dura cette négociation: il le trouva presque toujours étonné, irrésolu, affectant de fausses vanités, et se servant de petites finesses. Tout défiant qu'était ce ministre, et quelque besoin qu'il eût de ne se pas méprendre à juger de l'état présent de ses affaires, il ne pénétra jamais ce qui se préparait contre lui: il ne connut point

---

[1] Maxime 489.
[2] Maxime 394.
[3] Maxime 127.
[4] Maxime 199.
[5] Maxime 125.
[6] *Apologie de Monsieur le prince de Marcillac*, p. 452.
[7] Cf. Maxime 321.
[8] *Mémoires*, p. 223.

les divers intérêts, ni les sentiments de tant de gens qu'il croyait attachés à sa fortune, et qui traitaient néanmoins tous les jours de son éloignement et de la liberté des Princes.[1] »

La fortune avait favorisé Mazarin en le conduisant aux plus grands honneurs, à la présidence du ministère. *Elle tourna aussi* son éloignement *à son avantage.*[2] « Plusieurs ont cru, rapporte La Rochefoucauld, que Monsieur le duc d'Orléans et lui (Condé) firent une faute très considérable de laisser jouir la reine plus longtemps de son autorité: il était facile de la lui ôter; on pouvait faire passer la régence à Monsieur le duc d'Orléans par un arrêté du Parlement et remettre non seulement entre ses mains la conduite de l'État, mais aussi la personne du roi, qui manquait seule pour rendre le parti des princes aussi légitime en apparence qu'il était puissant en effet. Tous les partis y eussent consenti, personne ne se trouvant en état, ni même en volonté de s'y opposer, tant l'abattement et la fuite du cardinal avaient laissé de consternation à ses amis. Ce chemin si court et si aisé aurait sans doute empêché pour toujours le retour de ce ministre, et ôté à la reine l'espérance de le rétablir.[3] » Mais aucun des deux ne voulut rien faire, et ils laissèrent aux événements leur cours.

Mazarin connaissait mieux les moments opportuns où il fallait agir, et, *lorsque les occasions se présentaient, il ne manquait pas d'en profiter.*[4] Dans les premiers temps de son ministère, « le cardinal Mazarin, d'une part, et Madame de Chevreuse et le duc de Beaufort, de l'autre, songaient avec beaucoup d'application à se détruire. La bonne fortune du cardinal et l'imprudence du duc de Beaufort et de Madame de Montbazon, dont il était amoureux, fournirent bientôt une occasion, dont le cardinal sut profiter pour venir à bout de son dessein.[5] » Au commencement de la Fronde, il mit « tout en usage pour former des cabales dans le Parlement et pour diviser les généraux. La diversité de leurs sentiments et de leurs intérêts lui fournit bientôt toute la matière qu'il pouvait désirer.[6] » — « Je ne puis pas dire, avoue La Rochefoucauld, si ce fut son habileté qui lui fit inventer les moyens qu'on employa contre la liberté de Monsieur le Prince; mais au moins puis-je assurer qu'il se servit adroitement de ceux que la fortune lui présenta pour vaincre les difficultés qui s'opposaient à un dessein si périlleux.[7] »

---

[1] *Mémoires*, p. 226.
[2] Maxime 60.
[3] *Mémoires*, p. 238.
[4] Maxime 453.
[5] *Mémoires*, p. 82.
[6] *Mémoires*, p. 122.
[7] *Mémoires*, p. 151.

Ce qui avait surtout contribué au soulèvement de la Fronde, à la guerre civile, la plus terrible des guerres, c'était l'amour-propre, l'ambition, la mauvaise foi, l'arrogance de Mazarin. Aussi La Rochefoucauld l'accuse-t-il d'être l'auteur de tous les maux que la guerre civile entraîna après elle. Mazarin fut pour lui *un héros en mal*[1], *qui ne connut pas tout ce que les passions lui ont fait faire*[2], *et qui ne fut pas assez habile pour comprendre tout le mal qu'il a fait.*[3] *La vanité ébranla en lui toutes les vertus.*[4] « Sans mentir, dit La Rochefoucauld dans son *Apologie*, si l'honneur et la conscience veulent qu'on se dévoue au salut de ses oppresseurs et de ses tyrans, c'est avec raison qu'il se plaint de moi, et par cette même raison il ne doit guère avoir moins de gardes que cette couronne a de sujets, puisqu'il en faudrait faire le dénombrement pour savoir combien sa conduite a fait de malheureux.... Mais veut-il nous persuader qu'il est innocent? Qu'il nous remette en l'état que nous étions, quand la paix générale fut entre les mains de Monsieur Servien, et que Monsieur le duc de Longueville, qui l'y avait mise, vit arracher des siennes la gloire d'un service qui n'aurait rien dû à ceux du premier comte de Dunois; qu'il rende à cette monarchie la réputation que l'injuste opiniâtreté de nos armes lui a fait perdre chez nos alliés mêmes depuis ce temps-là; et qu'il nous rende enfin tant de milliers d'hommes qu'une guerre continuée de gaieté de cœur a encore immolés avec moins de fruit que de nécessité. Car de lui proposer de rendre ce sang dont il a achevé d'épuiser les veines de l'État, et de croire qu'il fasse repasser les monts et les mers à tous ces millions de quoi l'Italie est la recéleuse, ce serait espérer ridiculement qu'il voulût commencer à se repentir de ses crimes par celui pour lequel tous les autres ont été commis. Que si tous ces moyens de justification sont également impossibles, et si son avarice ne met pas moins les uns hors de sa puissance que les autres sont hors de celle de la nature, qu'il me pardonne d'avoir eu des yeux pour apercevoir en son ministère ce que tout le monde y apercevait, et qu'il trouve bon que je rende à ses actions la justice qu'il a fait si injustement dénier aux miennes; car de le garantir de la peine due à ses forfaits, parce qu'il m'a frustré de la récompense due à mes services, je ne sais quel raisonnement ni quelle morale exigerait cela de moi, quand je le pourrais.[5] »

---

[1] Maxime 185.
[2] Maxime 460.
[3] Maxime 269.
[4] Maxime 388.
[5] *Apologie de Monsieur le prince de Marcillac*, p. 439—441.

Ces griefs expliquent la haine dont La Rochefoucauld était rempli contre Mazarin, et qui ne s'était pas encore calmée, lorsqu'il composa les *Maximes* : Mazarin avait été assez *fin* pour enlever au duc les récompenses qu'il attendait; celui-ci en conçut une forte *aigreur* [1], et *il ne put se consoler d'avoir été trompé par son ennemi.*[2]

Retz.

L'ennemi « le plus mortel » de La Rochefoucauld était un autre prince de l'Église, Paul de Gondi, coadjuteur de l'archevêque de Paris, puis cardinal de Retz. Non seulement ils entrèrent chacun dans un des partis opposés qui se combattaient par les armes, mais ils furent même sur le point de s'assassiner l'un l'autre. « La haine du coadjuteur, écrit l'auteur des *Maximes*, éclatait particulièrement contre le duc de La Rochefoucauld : il lui attribuait la rupture du mariage de Mademoiselle de Chevreuse, et, croyant toutes choses permises pour le perdre, il n'oubliait rien pour y engager ses ennemis par toutes sortes de voies extraordinaires. Le carrosse du duc de La Rochefoucauld fut attaqué trois fois la nuit, sans qu'on ait pu savoir quelles gens y avaient part.[3] » Retz, de son côté, accuse en des termes fort explicites La Rochefoucauld d'avoir voulu le tuer à une séance du Parlement. « Comme je mis le pied, dit-il, sur la porte du parquet, j'entendis une fort grande rumeur dans la salle de gens qui criaient aux armes. Je me voulus retourner pour voir ce que c'était; mais je n'en eu pas le temps, parce que je sentis le cou pris entre les deux battants de la porte que Monsieur de La Rochefoucauld avait fermée sur moi en criant à Messieurs de Coligny et de Ricousse de me tuer. Le premier se contenta de ne le pas croire; le second lui dit qu'il n'en avait point d'ordre de Monsieur le Prince. Montrésor, qui était dans le parquet des huissiers avec un garçon de Paris, appelé Noblet, qui m'était affectionné, soutenait un peu un des battants, qui ne laissait pas de me presser extrêmement. Monsieur de Champlâtreux, qui était accouru au bruit qui se faisait dans la salle, me voyant en cette extrémité, poussa avec vigueur Monsieur de La Rochefoucauld. Il lui dit que c'était une honte et une horreur qu'un assassinat de cette nature; il ouvrit la porte, et il me fit entrer.[4] » Retz entra dans la salle des séances « avec le trouble qu'un péril tel que celui qu'il venait d'éviter lui devait causer. Il commença par se plaindre à l'assemblée

---

[1] Maxime 350.
[2] Maxime 114.
[3] *Mémoires*, p. 275.
[4] Retz. *Mémoires*, III, p. 218.

de la violence du duc de La Rochefoucauld. Il dit, qu'il avait été près d'être assassiné, et qu'on ne l'avait tenu à la porte que pour l'exposer à tout ce que ses ennemis auraient voulu entreprendre contre sa personne.[1] »

La haine qui les animait réciproquement se traduisit aussi dans les portraits qu'ils firent l'un de l'autre, ainsi que dans leurs *Mémoires*. Il faut avouer qu'ils ne se ménagent guère, et qu'ils se disent l'un à l'autre des vérités bien dures. La Rochefoucauld composa en outre plusieurs maximes, dans lesquelles il fait assez clairement allusion à son ennemi. Dans les premières lignes du portrait qu'il a tracé de Retz, il dit que Paul de Gondi, cardinal de Retz, avait « plus d'ostentation que de vraie grandeur de courage », qu'« il paraissait ambitieux sans l'être [2] », que « bien loin de se déclarer ennemi du cardinal Mazarin pour occuper sa place, il n'a pensé qu'à lui paraître redoutable.[3] » Nous retrouvons cette appréciation énoncée d'une manière générale dans les maximes suivantes: « Nous nous faisons honneur des défauts opposés à ceux que nous avons: quand nous sommes faibles, nous nous vantons d'être opiniâtres [4] »; — « nous gagnerions plus de nous laisser voir tels que nous sommes, que d'essayer de paraître ce que nous ne sommes pas [5] »; — « il semble que les hommes ne se trouvent pas assez de défauts: ils en augmentent encore le nombre par de certaines qualités singulières dont ils affectent de se parer, et ils les cultivent avec tant de soin, qu'elles deviennent à la fin des défauts naturels, qu'il ne dépend plus d'eux de corriger.[6] »

Retz « avait peu de piété, quelques apparences de religion [7] », et il savait feindre des vertus qu'il n'avait pas [8]: *son hypocrisie était un hommage que ses vices rendaient à la vertu.*[9] *Son goût* l'avait fait entrer au service des autels: *mais la vanité lui fit faire bien des choses qui n'étaient pas du tout en harmonie* avec les devoirs qu'impose la carrière ecclésiastique [10]: « la vanité et ceux qui l'ont conduit lui ont fait entreprendre de grandes choses, presque toutes opposées à sa pro-

---

[1] *Mémoires de La Rochefoucauld*, p. 287.

[2] *Portrait du cardinal de Retz*, dans l'édition des *Œuvres de La Rochefoucauld*, par Gilbert, I, p. 19.

[3] *Ibid.*

[4] Maxime 424.

[5] Maxime 457.

[6] Maxime 493.

[7] *Portrait du cardinal de Retz*, p. 19.

[8] *Mémoires*, p. 111.

[9] Maxime 218.

[10] Maxime 467.

fession.[1] En effet, lui, un ministre de la paix, dont le caractère devait être avant tout pacifique, il fut un des principaux moteurs de la guerre civile, c'est lui qui « a suscité les plus grands désordres de l'État[2] »; cependant *cette action ne peut pas passer pour grande*[3]; parce qu'il n'eut pas même « un dessein formé de s'en prévaloir.[4] »

Auprès de ses contemporains, Retz jouissait d'une assez grande considération, quoiqu'elle ne fût fondée que *sur sa vogue et sur sa fortune.*[5] « Le coadjuteur de Paris.... avait beaucoup de crédit dans le peuple et dans le Parlement de Paris par sa dignité de coadjuteur, et tous les curés exécutaient ses ordres.[6] » — « Il a su, dit La Rochefoucauld, profiter avec habileté des malheurs publics pour se faire cardinal...., il est entré dans divers conclaves, et sa conduite a toujours augmenté sa réputation...., il sait tellement tourner à son avantage les occasions que la fortune lui offre, qu'il semble qu'il les ait prévues et désirées.[7] *La nature* lui avait donné des qualités, et *la fortune les mit en œuvre*[8]*; son humeur et sa fortune furent la source* de cette élévation qui faisait *son bonheur*[9]*;* il semblait être né sous une bonne *étoile qui lui attirait l'estime du public.*[10]

La pente naturelle du cardinal de Retz était l'oisiveté.[11] Durant plusieurs années, « dans l'obscurité d'une vie errante et cachée[12] », la paresse le soutint avec gloire; *elle ne combattit pas son ambition, et elle ne la soumit pas.*[13] « Il a conservé l'archevêché de Paris contre la puissance du cardinal Mazarin; mais après la mort de ce ministre[14] », il commit *une sottise* dont il n'avait certainement pas conscience et *que le hasard semble l'avoir contraint de faire*[15]; il se démit de ses fonctions « sans connaître ce qu'il faisait, et sans prendre cette conjoncture pour ménager les intérêts de ses amis et les siens propres.[16] »

---

[1] *Portrait du cardinal de Retz*, p. 19.
[2] *Ibid.*
[3] Maxime 160.
[4] *Portrait du cardinal de Retz*, p. 19.
[5] Maxime 212.
[6] *Mémoires*, p. 110.
[7] *Portrait du cardinal de Retz*, p. 20.
[8] Maxime 153.
[9] Maxime 61.
[10] Maxime 165.
[11] *Portrait du cardinal de Retz*, p. 20.
[12] *Ibid.*
[13] Maxime 293.
[14] *Portrait du cardinal de Retz*, p. 20.
[15] Maxime 309.
[16] *Portrait du cardinal de Retz*, p. 20.

La Rochefoucauld reproche en outre à Retz une autre espèce de sottise, *celle qui est le propre des gens d'esprit*, et qui leur fait *incommoder les autres gens* [1], *surtout quand ils ne croient jamais pouvoir les incommoder.* [2] « Il a, dit La Rochefoucauld, une grande présence d'esprit...., il aime à raconter; il veut éblouir indifféremment tous ceux qui l'écoutent par des aventures extraordinaires, et souvent son imagination lui fournit plus que sa mémoire.[3] » *L'excès d'esprit* de Retz *avec son travers*, sa manie de toujours parler *ennuyait plus que peu d'esprit avec de la droiture.* [4]

L'auteur des *Maximes* continue de tracer le portrait du cardinal de Retz en ces termes: « Il est faux dans la plupart de ses qualités, et ce qui a le plus contribué à sa réputation, est de savoir donner un beau jour à ses défauts.[5] » Cette pensée est sans doute la source des maximes: « Il y a des faussetés déguisées qui représentent si bien la vérité, que ce serait mal juger que de ne s'y laisser pas tromper.[6] » — « Il y a de certains défauts qui, bien mis en œuvre, brillent plus que la vertu même.[7] » — L'envie de parler de nous et de faire voir nos défauts du côté que nous voulons bien les montrer, fait une grande partie de notre sincérité.[8] » — « Nous essayons de nous faire honneur des défauts que nous ne voulons pas corriger.[9] » — « Nous n'avouons de petits défauts que pour persuader que nous n'en avons pas de grands.[10] » — « L'art de savoir bien mettre en œuvre de médiocres qualités dérobe l'estime et donne souvent plus de réputation que le véritable mérite.[11] » A tous ces traits La Rochefoucauld ajoute les suivants: « Il est insensible à la haine et à l'amitié, quelques soins qu'il ait pris de paraître occupé de l'une ou de l'autre; il est incapable d'envie et d'avarice, soit par vertu, soit par inapplication.[12] » *La nature lui avait* par conséquent *prescrit dès sa naissance des bornes pour ses vertus et pour ses vices* [13], et déjà *dans le premier penchant de son âge, il pouvait faire connaître par où son esprit devait défaillir.* [14] Retz *lui-même se connaissait*, il savait quelles

[1] Maxime 451.
[2] Maxime 242.
[3] *Portrait du cardinal de Retz*, p. 20.
[4] Maxime 502.
[5] *Portrait du cardinal de Retz*, p. 20.
[6] Maxime 282.
[7] Maxime 354.
[8] Maxime 383.
[9] Maxime 442.
[10] Maxime 327.
[11] Maxime 162.
[12] *Portrait du cardinal de Retz*, p. 21.
[13] Maxime 189.
[14] Maxime 222.

étaient ses vertus, quels étaient ses vices, *il avait des vues si justes sur ses défauts, qu'il supprimait ou déguisait les moindres choses qui pouvaient être condamnées* [1]; il évitait « avec adresse de laisser pénétrer qu'il n'avait qu'une légère connaissance de toutes choses.[2] »

Lorsque Mazarin fit arrêter le président et quelques membres du Parlement, des barricades s'élevèrent partout; le roi et sa mère furent même en danger au Palais-Royal. « Dans ce trouble, le coadjuteur de Paris, qui jusqu'alors n'avait point encore paru dans les affaires et qui voulait s'y donner part, prit cette occasion pour offrir son service à la reine, et pour s'entremettre d'apaiser la sédition ; mais son zèle fut mal reçu, et on fit même des railleries sur son empressement.[3] » Il aurait dû savoir que celui *qui croit qu'on ne peut se passer de lui, se trompe énormément.*[4] Ces offres de service n'étaient pas désintéressées; ses désirs n'allaient à rien moins qu'à supplanter le cardinal Mazarin dans l'esprit de la reine et à prendre sa succession. « Le mépris que la reine et le cardinal firent de son entremise pour apaiser le désordre des barricades, l'irrita mortellement [5] », et il s'unit aux Frondeurs comme tant d'autres mécontents. Au désir de vengeance se joignit la vanité, l'*amour-propre, qui se proposait quelque chose à gagner dans la société des ennemis* de la cour.[6] A la vérité, « le coadjuteur paraissait sans autre intérêt que ceux de ses amis; mais outre qu'il croyait trouver toute sa grandeur dans la perte du cardinal, il avait une grande liaison avec Madame de Chevreuse, et on disait que la beauté de Mademoiselle sa fille avait encore plus de pouvoir sur lui.[7] » Le même intérêt qui avait engagé le cardinal de Retz dans le parti des Frondeurs le réconcilia plus tard avec la cour; car c'est par la cour qu'il crut pouvoir obtenir et qu'il obtint en effet le chapeau rouge.[8]

Condé.

Le cardinal de Retz était l'ennemi du grand Condé presque autant que de La Rochefoucauld. Il trouvait « de la vanité à paraître ennemi déclaré de Monsieur

---

[1] Maxime 494.
[2] *Portrait du cardinal de Retz*, p. 21.
[3] *Mémoires*, p. 103.
[4] Maxime 201.
[5] *Mémoires*, p. 111.
[6] Maxime 83.
[7] *Mémoires*, p. 220.
[8] *Mémoires*, p. 306.

le Prince, et.... non seulement il s'opposa, sans garder des mesures, à tout ce qu'il proposait, mais encore il n'alla plus au Palais sans être suivi de ses amis et d'un grand nombre de gens armés.[1] » Condé en fit autant pour ne pas « exposer sa vie et sa liberté entre les mains de son plus dangereux ennemi,.... et il résolut enfin de n'aller plus au Parlement sans être accompagné de tout ce qui était dans ses intérêts.[2] » Ces mesures de précaution imposèrent au prélat, qui n'était pas aussi bien exercé au maniement des armes que le héros de Rocroy. Celui-ci s'était du reste fait connaître déjà dans mainte occasion comme un homme *intrépide, que la vue des grands périls ne troublait pas*[3], et qui ne reculait pas même devant la mort. La Rochefoucauld montre l'intrépidité de Condé surtout en décrivant la belle conduite qu'il tint au combat du faubourg Saint-Antoine. Cette action, dit-il, « fut l'une des plus hardies et des plus périlleuses occasions de toute cette guerre, et celle où les grandes et extraordinaires qualités de Monsieur le Prince parurent avec le plus d'éclat[4] ».... « Monsieur le Prince chargea une seconde fois avec même succès qu'à la première. Il se trouvait partout, et, dans le milieu du feu et du combat, il donnait les ordres avec cette netteté d'esprit qui est si rare et si nécessaire en ces rencontres.[5] »

Condé ne mérita pas seulement le surnom de Grand par son intrépidité, mais il *avait encore une élévation qui ne dépendait point de sa fortune, il avait un certain air qui le distinguait et qui semblait le destiner aux grandes choses; c'était un prix qu'il se donnait imperceptiblement à lui-même, c'est par cette qualité qu'il usurpait les déférences des autres hommes, et c'est elle qui le mettait plus au-dessus d'eux que la naissance, les dignités et le mérite même.*[6] « Le duc d'Enghien, dit La Rochefoucauld, jeune, bien fait, d'un esprit grand, clair, pénétrant et capable, brillait de toute la gloire que le gain de la bataille de Rocroy et la prise de Thionville pouvaient donner à un prince de vingt ans.[7] » Retz même dit de Condé: « Monsieur le Prince est né capitaine, ce qui n'est jamais arrivé qu'à lui, à César et à Spinola. Il a égalé le premier, il a passé le second. L'intrépidité est l'un des moindres traits de

---

[1] *Mémoires*, p. 280.
[2] *Mémoires*, p. 281.
[3] Maxime 217.
[4] *Mémoires*, p. 403.
[5] *Mémoires*, p. 407.
[6] Maxime 399.
[7] *Mémoires*, p. 80.

son caractère. La nature lui avait fait l'esprit aussi grand que le cœur.[1] » Cette supériorité incommodait les petits esprits à la cour, et pour l'éloigner, on l'envoyait à la tête des armées.[2]

Il commanda aussi l'armée du roi pendant la première Fronde, et il prit parti pour le cardinal Mazarin ; mais il ne conserva pas longtemps des sentiments d'amitié pour ce dernier, car *il se laissa*, comme autrefois La Rochefoucauld, lorsqu'il revint de la campagne de Flandre [3], *la liberté de parler* souvent *des défauts* du ministre.[4] « Il ne garda pas longtemps, dit l'auteur des *Mémoires*, les mêmes mesures avec le cardinal Mazarin, et bien qu'il n'eût pas encore résolu de rompre ouvertement avec lui, il témoigna par des railleries piquantes et par une opposition continuelle à ses avis, qu'il le croyait peu digne de la place qu'il occupait, et qu'il se repentait même de la lui avoir conservée.[5] » Une autre cause de la mésintelligence entre Condé et Mazarin fut la déception, *le mécompte* de Condé *dans la reconnaissance qu'il attendait des grâces faites* à Mazarin et au parti du cardinal, et ils *ne purent convenir du bienfait.*[6] — « Monsieur le Prince, lisons-nous dans les *Mémoires*, n'était pas si aisé à satisfaire : ses services passés, et ceux qu'il venait de rendre, à la vue du roi, pendant le siège de Paris, portaient bien loin ses prétentions, et elles commençaient à embarrasser le cardinal.[7] »

A la fin des troubles, il eut à se plaindre de l'ingratitude d'un autre grand personnage, du duc de Guise. *L'orgueil de ce dernier ne voulait pas devoir et son amour-propre ne voulait pas payer.*[8] Les Espagnols « se montraient depuis longtemps inexorables à toutes les instances qu'on leur faisait pour sa liberté (du duc de Guise) ; ils l'accordèrent facilement néanmoins à Monsieur le Prince et renoncèrent en cette occasion à l'une de leurs principales maximes, pour le lier encore plus étroitement à leur parti par une déférence qui leur est si peu ordinaire. Le duc de Guise se vit donc en liberté, lorsqu'il l'espérait le moins, et il sortit de prison engagé par reconnaissance et par sa parole dans les intérêts de Monsieur le Prince. Il le vint trouver à Paris, et croyant peut-être avoir satisfait à ses obligations par quelques compliments et par quelques visites, il s'en alla bientôt

---

1 Retz. *Mémoires*, I, p. 254.
2 Cf. Maxime 403.
3 Voir plus haut, p. 10.
4 Maxime 319.
5 *Mémoires*, p. 134.
6 Maxime 225.
7 *Mémoires*, p. 132.
8 Maxime 228.

après au-devant de la cour, pour offrir au roi ce qu'il devait à Monsieur le Prince.[1] »

Condé ressemblait aux chevaliers du moyen-âge: il combattait comme un lion, mais il lui manquait la prudence du serpent. Lorsqu'il eut recouvré la liberté, et que son ennemi le cardinal Mazarin eut quitté le territoire, il *n'eut pas la vertu nécessaire pour soutenir la bonne fortune*[2]; il *ne profita pas de la bonne occasion qui se présentait* pour empêcher le retour du cardinal.[3] « Monsieur le Prince, qui revenait comme en triomphe, était encore trop ébloui de l'éclat de sa liberté pour voir distinctement tout ce qu'il pouvait entreprendre. Peut-être aussi que la grandeur de l'entreprise l'empêcha d'en connaître la facilité. On peut croire même, que la connaissant, il ne put se résoudre de laisser passer toute la puissance à Monsieur le duc d'Orléans, qui était entre les mains des Frondeurs, dont Monsieur le Prince ne voulait pas dépendre. D'autres ont cru plus vraisemblablement qu'ils espéraient, l'un et l'autre, que quelques négociations commencées et la faiblesse du gouvernement établirait leur autorité par des voies plus douces et plus légitimes. Enfin ils laissèrent à la reine son titre et son pouvoir, sans rien faire de solide pour leurs avantages. Ceux qui considéraient leur conduite et en jugeaient alors selon les vues ordinaires, remarquaient qu'il leur était arrivé ce qui arrive souvent en de semblables rencontres, même aux plus grands hommes qui ont fait la guerre à leurs souverains, qui est de n'avoir pas su se prévaloir de certains moments favorables et décisifs.[4] » S'il ne fut pas tué ou pour la seconde fois fait prisonnier, lorsque Retz et ses amis offrirent « à la reine de le tuer ou de l'arrêter prisonnier[5] », c'est plus ou moins au hasard qu'il fut redevable d'avoir échappé.[6] Il fut « quelque temps sans prendre de nouvelles précautions, quoi qu'on pût faire pour l'y résoudre; mais après avoir résisté à tant de conjectures apparentes et à tant d'avis certains, il fit, sur une fausse nouvelle, ce qu'il avait refusé de faire par le véritable conseil de ses amis. Un soir, étant dans le lit, et causant encore avec Vineuil, celui-ci reçut un billet d'un gentilhomme nommé le Bouchet, qui lui mandait d'avertir Monsieur le Prince que deux compagnies des Gardes avaient pris les armes, et qu'elles allaient marcher vers le faubourg Saint-Germain. Cette nouvelle lui fit croire qu'elles devaient investir l'hôtel de Condé,

---

[1] *Mémoires*, p. 428.
[2] Maxime 25.
[3] Maxime 453.
[4] *Mémoires*, p. 239.
[5] *Mémoires*, p. 261.
[6] Cf. Maxime 105.

au lieu qu'elles étaient seulement commandées pour faire payer les entrées aux portes de la ville. Il se crut obligé de monter à cheval à l'heure même, et étant seulement suivi de six ou sept de ses gens, il sortit par le faubourg Saint-Michel.[1] »

Déjà une fois son excès de bonne foi, son refus de suivre les conseils d'amis qui étaient plus perspicaces, l'avaient fait conduire en prison. « Le prince de Marcillac, par un esprit de pénétration et d'habileté, avait souvent jugé que les affaires allaient mal pour leur parti; et, dans cette pensée, il leur recommandait toujours (à Condé, Conti et au duc de Longueville) de ne se trouver jamais tous trois au Conseil. Mais l'ordre de Dieu était qu'ils ne profiteraient point de ses avis.[2] » La Rochefoucauld *avait pu donner des conseils, mais il n'inspira point de conduite.*[3] L'événement donna raison à sa perspicacité; Condé fut arrêté au moment où il s'en doutait le moins, et *la pénétration qui avait eu un air de prophétie flatta* l'auteur des *Maximes.*[4] Voici ce qu'il pense de l'arrestation de Condé: « Jamais personne, dit-il, de sa qualité n'a été accusé de moindres crimes, ni arrêté avec moins de sujet; mais sa naissance, son mérite et son innocence même, qui devaient avec justice empêcher sa prison, étaient de grands sujets de la faire durer, si la crainte et l'irrésolution du cardinal et tout ce qui s'éleva en même temps contre lui, ne lui eussent fait prendre de fausses mesures dans le commencement et dans la fin de cette affaire.[5] » Bien qu'*innocent, il a donc été persécuté, et il eut plus à souffrir que s'il avait commis de grands crimes*[6]; il a été victime *de l'orgueil et de la paresse qui croient le mal sans l'avoir examiné, qui veulent trouver des coupables et ne veulent pas se donner la peine d'examiner les crimes.*[7]

Après que Condé fut sorti de prison, il alla habiter Saint-Maur. Mais bientôt il quitta cette résidence, où il tenait une sorte de cour, « pour retourner à Paris: il crut être en état, par le nombre de ses amis et de ses créatures, de s'y maintenir contre la cour, et que cette conduite fière et hardie donnerait de la réputation à ses affaires[8] »; car « pour s'établir dans le monde, on fait tout ce que l'on peut pour y paraître établi.[9] » De Paris, Condé se rendit à Montrond. Ce voyage fut

---

1 *Mémoires*, p. 265.

2 Madame de Motteville. *Mémoires*, III, p. 130; voir aussi les *Mémoires de La Rochefoucauld*, p. 167.

3 Maxime 378.

4 Maxime 425.

5 *Mémoires*, p. 236.

6 Maxime 465.

7 Maxime 267.

8 *Mémoires*, p. 277.

9 Maxime 56.

regardé comme le signal de la reprise des hostilités. « Il ne laissa pas d'étonner les uns et les autres. Chacun se repentit d'avoir porté les choses au point où elles étaient, et la guerre civile leur parut alors avec tout ce que ses événements ont d'incertain et d'horrible.[1] » La reine se montra disposée à donner satisfaction à Condé, et le duc d'Orléans fut chargé de le lui annoncer par une lettre; mais *cette prudence* n'eut pas le succès qu'on souhaitait, elle *n'assura pas l'événement* qu'on attendait, à savoir un accommodement avec Condé.[2] Le duc d'Orléans tarda à faire connaître à ce dernier les dispositions de la reine, il ne prit pas « la peine de le lui écrire de sa main à l'heure même, et différa d'un jour de lui en donner avis; ainsi au lieu que Croissy, qui lui devait porter cette dépêche, l'eût pu joindre à Augerville encore incertain du parti qu'il devait prendre et en état d'entendre à un accommodement, il le trouva arrivé à Bourges, où les applaudissements des peuples et de la noblesse avaient tellement augmenté ses espérances qu'il crut que tout le royaume allait imiter cet exemple et se déclarer pour lui.[3] »

Toutefois, durant sa prison, Condé avait vu pâlir quelque peu son étoile. Ne *se trouvant plus en état de faire du bien*[4], il fut abandonné de plusieurs de ses amis.[5] La Rochefoucauld lui fut presque toujours fidèle, surtout lorsqu'il se mit à la tête des Frondeurs pour combattre le roi, son cousin. Une fois Condé se permit de médire de La Rochefoucauld. « Les Frondeurs, dit ce dernier, pressaient le mariage de Monsieur le prince de Conti et de Mademoiselle de Chevreuse. Les moindres retardements leur étaient suspects, et ils soupçonnaient déjà Madame de Longueville et le duc de La Rochefoucauld d'avoir dessein de le rompre, de peur que Monsieur le prince de Conti ne sortît de leurs mains, pour entrer dans celles de Madame de Chevreuse et du coadjuteur de Paris. Monsieur le Prince augmentait encore adroitement leurs soupçons contre Madame sa sœur et contre le duc de La Rochefoucauld, croyant que, tant qu'ils auraient cette pensée, ils ne découvriraient jamais la véritable cause du retardement du mariage qui était que Monsieur le Prince n'ayant encore ni conclu ni rompu son traité avec la reine, et ayant eu avis que Monsieur de Châteauneuf devait être chassé, il voulait attendre l'événement pour faire le mariage, si le cardinal était ruiné par Monsieur de Châteauneuf, ou faire sa cour à la reine en le rompant, si Monsieur de Châteauneuf était

[1] *Mémoires*, p. 298.
[2] Maxime 65.
[3] *Mémoires*, p. 299.
[4] Maxime 306.
[5] *Mémoires*, p. 236 et 177.

chassé par le cardinal.[1] » La Rochefoucauld ne lui porta pas rancune de cette *médisance*, dont le mobile était, comme on le voit, *non pas la malice*, *mais la vanité* et l'amour-propre.[2]

Condé et Turenne.

Le manque de circonspection fut un *grand défaut* dans la vie de Condé; malgré ce défaut il fut *un grand homme.*[3] Turenne et lui furent de *ces hommes extraordinaires que la nature et la fortune concourent de temps en temps à faire.*[4] *La nature lui avait donné de grands talents, des qualités supérieures; mais la fortune les mit en œuvre.*[5] *Leurs actions eurent des étoiles heureuses qui les conduisirent au chemin de la gloire.*[6] *Comme la lumière fait paraître les objets, ainsi la fortune fit paraître leurs vertus*[7], et on peut les comparer aux grands génies de l'antiquité, à Alexandre, César et Caton, dont les actions et les motifs « nous paraissent toujours sous la figure et avec les couleurs qu'il plaît à la nature et à la fortune d'y donner.[8] » — « La nature et la fortune, dit La Rochefoucauld, ont conservé cette même union, dont j'ai parlé, pour nous montrer de différents modèles en deux hommes consommés en l'art de commander. Nous verrons Monsieur le Prince et Monsieur de Turenne disputer de la gloire des armes et mériter, par un nombre infini d'actions éclatantes, la réputation qu'ils ont acquise. Ils paraîtront avec une valeur et une expérience égales; infatigables de corps et d'esprit, on les verra agir ensemble, agir séparément, et quelquefois opposés l'un à l'autre; nous les verrons, heureux et malheureux dans diverses occasions de la guerre, devoir les bons succès à leur conduite et à leur courage, et se montrer toujours plus grands, même par leurs disgrâces; tous deux sauver l'État; tous deux contribuer à le détruire, et se servir des mêmes talents, par des voies différentes : Monsieur de Turenne, suivant ses desseins avec plus de règle et moins de vivacité, d'une valeur plus retenue et toujours proportionnée au besoin de la faire paraître; Monsieur le Prince, inimitable en la manière de voir et d'exécuter les plus grandes

[1] *Mémoires*, p. 248.
[2] Maxime 483.
[3] Maxime 190.
[4] Maxime 53. Voir *Réflexions diverses*, XIV, p. 315, dans l'édition de Gilbert.
[5] Maxime 153.
[6] Maxime 58.
[7] Maxime 380.
[8] *Réflexions diverses*, XIV, p. 316.

choses, entraîné par la supériorité de son génie, qui semble lui soumettre les événements et les faire servir à sa gloire. La faiblesse des armées qu'ils ont commandées dans les dernières campagnes, et la puissance des ennemis qui leur étaient opposés, ont donné de nouveaux sujets à l'un et à l'autre de montrer toute leur vertu et de réparer par leur mérite tout ce qui leur manquait pour soutenir la guerre.[1] »

Conti.

Le prince de Conti, frère du grand Condé, ne ressemblait pas à ce dernier. Si Condé était un héros, *un homme extraordinaire*, l'émule des Alexandre et des César, son frère « était faible et léger, il dépendait entièrement de Madame de Longueville, et elle laissait au duc de La Rochefoucauld le soin de le conduire.[2] » *Cette faiblesse ne put être corrigée.*[3] Toute sa vie se composa de faiblesses *qui ne firent qu'abaisser le grand nom qu'il ne savait pas soutenir.*[4] Par exemple, lorsque Condé quitta la Guyenne pour se rendre avec La Rochefoucauld à Paris, il chargea son frère « du soin de maintenir son parti en Guyenne et de conserver Bourdeaux[5] » ; mais le prince de Conti se brouilla avec sa sœur, la duchesse de Longueville. Il se laissa « persuader par ses gens gagnés par le cardinal Mazarin de rompre ouvertement avec Madame de Longueville sur des prétextes que la bienséance et l'intérêt du sang lui devaient faire cacher.[6] » *L'ennui et la lassitude* qu'il avait de la guerre le *firent manquer à son devoir*[7], et ce fut surtout lui qui fut cause que Bordeaux fut « soustrait au parti de Monsieur le Prince.[8] »

Gaston d'Orléans.

Un autre prince du sang, le duc Gaston d'Orléans, frère de Louis XIII, avait, comme le prince de Conti, une *faiblesse qu'il ne put pas corriger.*[9] « Il était faible, timide, léger.[10] » — « Il avait, à l'exception du courage, tout ce qui était

[1] *Réflexions diverses*, XIV, p. 320.
[2] *Mémoires*, p. 109.
[3] Maxime 130.
[4] Maxime 94.
[5] *Mémoires*, p. 349.
[6] *Mémoires*, p. 351.
[7] Maxime 172.
[8] *Mémoires*, p. 351.
[9] Maxime 130.
[10] *Mémoires*, p. 80.

nécessaire à un honnête homme…, comme sa faiblesse régnait dans son cœur par la frayeur, et dans son esprit par l'irrésolution, elle salit tout le cours de sa vie.[1] » — « Il était capable de toutes les impressions et de tous les sentiments qu'on lui voulait donner.[2] » — « Par l'opinion d'un péril imaginaire, Monsieur le duc d'Orléans exposa la vie et la fortune de Monsieur le Prince à l'un des plus grands dangers qu'il courut jamais.[3] » Madame de Motteville partage sur Gaston d'Orléans le sentiment de La Rochefoucauld: « C'est un grand malheur, dit-elle, à un homme de cette naissance de ne se pas conduire, du moins quelquefois par ses propres lumières, quand il est capable d'en avoir, et qu'il ne lui manque que l'application nécessaire à tout homme de bon sens pour penser à ce qu'il fait, pourquoi il le fait, et à ce qui convient à sa gloire.[4] »

Chavigny.

La faiblesse caractérise aussi le ministre d'État Chavigny, qui fut d'abord un des amis et conseillers de Condé, parce qu'il « crut que cette liaison l'élèverait à tout ce que son ambition démesurée lui faisait désirer.[5] » Il donnait des conseils à Condé « moins pour l'intérêt du parti que pour le sien propre.[6] » Condé ne tarda pas à reconnaître que Chavigny se recherchait partout lui-même [7], et il se brouilla avec lui. Vers la fin de la Fronde, Chavigny se remit « en apparence avec Monsieur le Prince, et il serait malaisé de dire dans quels sentiments il avait été jusques alors, parce que sa légèreté naturelle lui en inspirait sans cesse d'entièrement opposés. Il conseillait de pousser les choses à l'extrémité, toutes les fois qu'il espérait de détruire le cardinal et de rentrer dans le ministère; et il voulait qu'on demandât la paix à genoux, toutes les fois qu'il s'imaginait qu'on pillerait ses terres et qu'on raserait ses maisons.[8] » La faiblesse de son caractère était la cause de ce peu de sincérité [9]; *elle était plus opposée à la vertu que le vice même.*[10]

---

[1] Retz. *Mémoires*, II, p. 175.
[2] *Mémoires*, p. 165.
[3] *Mémoires*, p. 402.
[4] Madame de Motteville. *Mémoires*, III, p. 261.
[5] *Mémoires*, p. 252. Rapprochez la maxime 85.
[6] *Mémoires*, p. 374. Rapprochez la maxime 116.
[7] Cf. Maxime 171.
[8] *Mémoires*, p. 415.
[9] Cf. Maxime 316.
[10] Maxime 445.

Le Tellier.

Chavigny fit partie du ministère jusqu'à la mort de Louis XIII. Il eut pendant quelque temps pour collègue Michel Le Tellier, le père de Louvois. Le Tellier avait « l'esprit net, facile et capable d'affaires ; personne n'a su avec plus d'adresse se maintenir dans les diverses agitations de la cour, sous des apparences de modération ; il n'a jamais prétendu à la première place dans le ministère, pour occuper plus sûrement la seconde.[1] » Il se contentait donc du second rang. *Sa modération venait du calme que la bonne fortune donnait à son humeur adoucie par la possession du bien.*[2] En général, la conduite de Le Tellier contraste beaucoup avec la manière d'agir de la plupart de ses contemporains. Tandis qu'ils ne connaissent presque tous que l'intérêt et ne visent qu'aux premières places, il resta simple et modeste. C'est à lui que Vigneul-Marville applique la maxime suivante : « l'air bourgeois se perd quelquefois à l'armée, mais il ne se perd jamais à la cour.[3] » — « Après avoir vécu, ajoute-t-il, cinquante ans à la cour, il en est sorti avec le même air qu'il y était entré, soit par habitude, ou par modestie, ou enfin par politique.[4] » Il eut donc *la vertu si difficile de soutenir la bonne fortune.*[5]

Le duc d'Elbeuf.

Il n'en fut pas de même du duc d'Elbeuf. Celui-ci, un arrière-petit-fils de Claude, duc de Guise, était gouverneur de Picardie au commencement de la Fronde. Il « s'était offert le premier au Parlement, et il croyait trouver de grands avantages en se mettant à la tête du parti. Il avait de l'esprit et de l'éloquence, mais il était vain, intéressé[6] », il ne savait pas se modérer. *L'avarice qui est plus opposée à l'économie que la libéralité*[7], et *qui produit souvent des effets contraires*[8] le perdit. « Il a été le premier prince que la pauvreté ait avili ; et peut-être jamais homme n'a eu moins que lui l'art de se faire plaindre dans sa misère.[9] » Mazarin disait de lui : « Pour d'Elbeuf, de l'argent, et qu'il attende.[10] »

---

[1] *Mémoires*, p. 54.
[2] Maxime 17 avec la variante.
[3] Maxime 393.
[4] Vigneul-Marville. *Mélanges d'histoire et de littérature*, I, p. 325.
[5] Maxime 25.
[6] *Mémoires*, p. 117.
[7] Maxime 167.
[8] Maxime 492.
[9] Retz. *Mémoires*, I, p. 235.
[10] *Carnets de Mazarin (Journal des Savants*, 1854, p. 694).

Le comte d'Harcourt.

Le frère du duc d'Elbeuf, Henri de Lorraine, comte d'Harcourt, resta fidèle à Mazarin et à la cour durant toute la Fronde, et il fut placé très souvent à la tête de l'armée royale. Cependant il ne fut pas *un grand homme, car il ne savait pas profiter des avantages que lui offrait la fortune.*[1] Il surprit par exemple une fois l'armée de Condé qui s'était débandée et dispersée dans les environs de Staffort. Il aurait pu infliger une défaite complète à Condé; mais il le laissa échapper et se mettre en lieu sûr, à Agen. Seulement, « quelque temps après que Monsieur le Prince fut arrivé à Agen avec toute son infanterie, on vit paraître quelques escadrons (de l'armée du comte d'Harcourt) de l'autre côté de la rivière, qui s'étaient avancés pour prendre des bagages qui étaient prêts de passer l'eau; mais ils furent repoussés avec vigueur par soixante maîtres du régiment de Montespan, qui donnèrent tout le temps nécessaire à des bateaux chargés de mousquetaires d'arriver et de faire retirer les ennemis. Ce jour même, Monsieur le Prince sut que sa cavalerie était arrivée à Sainte-Marie sans avoir combattu ni rien perdu de son équipage, et que ses gardes se défendaient encore dans le Pergam, sans qu'il y eût toutefois apparence de les pouvoir secourir. En effet, ils se rendirent prisonniers de guerre le lendemain, et ce fut tout l'avantage que tira le comte d'Harcourt d'une occasion où sa fortune et la négligence des troupes de Monsieur le Prince lui avaient offert une entière victoire.[2] » Il n'avait pas mieux profité « de cet avantage qu'il n'avait fait de ceux qu'il pouvait avoir à Tonné-Charente et à Saint-Andras.[3] »

Le duc de Beaufort.

Un des principaux adversaires que le comte d'Harcourt eut à combattre pendant la Fronde fut le duc de Beaufort. La Rochefoucauld dépeint dans ses détails le caractère de ce dernier. D'ailleurs, lui-même a été « témoin des plus considérables actions de sa vie, souvent comme son ami, et souvent comme son ennemi.[4] » Ayant été l'ennemi du duc de Beaufort, il pensait *approcher assez de la vérité dans le jugement qu'il fit de lui.*[5] « L'esprit du duc de Beaufort était pesant et mal poli;

---

[1] Maximes 343 et 453.
[2] *Mémoires*, p. 340.
[3] *Mémoires*, p. 339.
[4] *Mémoires*, p. 60.
[5] Maxime 458.

il allait néanmoins assez habilement à ses fins par des manières grossières[1] »; il suffit en effet « quelquefois d'être grossier pour n'être pas trompé par un habile homme[2] », et « il y a de méchantes qualités qui font de grands talents.[3] » — « Nul homme que le duc de Beaufort, avec si peu de qualités aimables, n'a jamais été si généralement aimé qu'il le fut dans le commencement de la régence et depuis, dans la première guerre de Paris.[4] ». C'est que « nous plaisons plus souvent dans le commerce de la vie par nos défauts que par nos bonnes qualités[5] »; — « il y a souvent des gens qui plaisent avec des défauts.[6] » Le duc de Beaufort était de ces *personnes à qui les défauts siéent bien, tandis que d'autres sont disgraciées avec leurs bonnes qualités.*[7] *Il était approuvé dans le monde, quoiqu'il n'eût pour tout mérite que ses manières grossières, ses défauts qui lui servaient au commerce de la vie.*[8]

« Sa valeur était grande, mais inégale; il était toujours brave en public, et souvent il se ménageait trop dans des occasions particulières.[9] » Il n'avait donc pas *la parfaite valeur qui consiste à faire sans témoins ce qu'on serait capable de faire devant tout le monde.*[10] Il *était content, quand il avait satisfait à l'honneur du monde, et il faisait fort peu de chose au delà.*[11]

Sous le règne de Louis XIII, le duc de Beaufort « avait été particulièrement attaché à la reine.[12] » Il fut compromis dans la conspiration de Cinq-Mars, et il eut encore la bonne fortune de pouvoir s'échapper en Angleterre. Après la mort de Richelieu, il revint en France, et la reine « pour lui donner une marque publique de son estime, lui confia Monsieur le Dauphin (qui devait être peu après le roi Louis XIV) et Monsieur le duc d'Anjou (qui fut duc d'Orléans après la mort de son oncle Gaston d'Orléans), un jour que le roi avait reçu l'extrême-onction.[13] » — « Par le fait seul de ce commandement, le duc de Beaufort se trouvait le protecteur des enfants de France, le maître de tout ce qui n'était pas dans la chambre du

---

[1] *Mémoires*, p. 60.
[2] Maxime 129.
[3] Maxime 468.
[4] *Mémoires*, p. 60.
[5] Maxime 90.
[6] Maxime 155.
[7] Maxime 251.
[8] Maxime 273.
[9] *Mémoires*, p. 60.
[10] Maxime 216.
[11] Maxime 215.
[12] *Mémoires*, p. 59.
[13] *Ibid.*

roi, avec une garde nombreuse sous ses ordres. Cette importance de quelques heures l'étourdit; il exagéra les précautions, la surveillance; il prit avec affectation toutes les allures du plein pouvoir.[1] » Comme *la fortune l'avait surpris en lui confiant ce poste si élevé, sans l'y avoir conduit par degrés, il lui fut presqu'impossible de s'y bien soutenir et de paraître digne de l'occuper.*[2] *Il avait pu paraître grand dans un emploi au-dessous de son mérite, mais il parut petit dans cet emploi qui était plus grand que lui.*[3] *Il lui avait été plus facile de paraître digne des emplois qu'il n'avait pas, que de celui qu'il fut appelé à exercer.*[4]

Le duc de Beaufort se servit cependant « utilement de cette distinction et de ses autres avantages, pour établir sa faveur, par l'opinion qu'il affectait de donner qu'elle était déjà toute établie.[5] » — « Pour s'établir dans le monde, dit l'auteur des *Maximes*, on fait tout ce que l'on peut pour y paraître établi.[6] » Il se soutenait aussi « par de vaines apparences de crédit, et plus encore par cette opinion générale et mal fondée de son mérite et de sa vertu [7] »; car, « quelque disposition qu'ait le monde à mal juger, il fait encore plus souvent grâce au faux mérite, qu'il ne fait injustice au véritable.[8] »

Le duc de Nemours.

Le duc de Beaufort tua le 30 juillet 1652 dans un duel son beau-frère, le duc de Nemours. « Aigris par leurs différends passés et par l'intérêt de quelques dames, ils se querellèrent pour la préséance au Conseil; ils se battirent ensuite à coups de pistolets, et le duc de Nemours fut tué dans ce combat par le duc de Beaufort. Cette mort donna de la compassion et de la douleur à tous ceux qui connaissaient ce prince. Le public même eut sujet de le regretter; car, outre ses belles et agréables qualités, il contribuait à la paix de tout son pouvoir.[9] » L'intérêt fut donc le vrai motif, pour lequel on le pleura et on le regretta.[10] *On se pleura soi-même, on regretta la diminution de son propre bien; il eut l'honneur des larmes qui ne coulèrent que pour des vivants.*[11]

---

[1] Bazin. *Histoire de France sous Louis XIII et sous le ministère de Mazarin*, III, p. 216.
[2] Maxime 449.
[3] Maxime 419.
[4] Maxime 164.
[5] *Mémoires*, p. 60.
[6] Maxime 56.
[7] *Mémoires*, p. 67.
[8] Maxime 455.
[9] *Mémoires*, p. 419.
[10] Cf. Maxime 232.
[11] Maxime 233.

La Fronde en général.

La Rochefoucauld, Mazarin, le cardinal de Retz, Condé, son frère le prince de Conti, Gaston d'Orléans, le ministre d'État Chavigny, le comte d'Harcourt, les ducs d'Elbeuf, de Beaufort, de Nemours, la reine Anne d'Autriche et la duchesse de Longueville furent les principaux acteurs dans la tragi-comédie qui se joua au commencement du règne de Louis XIV sur la scène politique. Nous venons de voir comment La Rochefoucauld a jugé le caractère et les rôles de ces différents personnages, comment il a donné à un fait spécial, à une action particulière un sens général, comment il fit abstraction de tout ce qui pouvait restreindre ses appréciations à un temps et à un pays déterminés pour ne retenir que ce qui convient à tous les hommes. L'histoire de la Fronde dans ses grands traits lui fournit aussi des pensées pour des maximes, comme celle des princes, ducs et princesses qui ont joué les rôles principaux.

Les Frondeurs étaient les ennemis du cardinal Mazarin et de son administration. Mazarin était haï du peuple qui le regardait toujours comme un étranger, quoiqu'il eût obtenu la qualité de citoyen français; on murmurait aussi contre les nouvelles taxes qu'il ne cessait d'imposer. Le Parlement, jaloux de son autorité, résistait vivement aux mesures arbitraires du ministre; il le déclara « Perturbateur de l'ordre public, ennemi du roi et de l'État » et le condamna à l'exil. Le Parlement était soutenu par les membres les plus influents de l'aristocratie, auxquels le successeur de Richelieu portait ombrage; car ils ne pouvaient supporter qu'« un gredin de Sicile » comme l'appela une fois Condé, les gouvernât. *La haine* des Frondeurs *pour le favori* d'Anne d'Autriche n'*était autre chose que l'amour de leur propre faveur. Leur dépit de ne pas la posséder se consola et s'adoucit* d'abord *par le mépris qu'ils témoignèrent de celui qui la possédait, et ils lui refusèrent,* aussi longtemps qu'ils le purent, *leurs hommages, ne pouvant pas lui ôter ce que lui attirait ceux* de la cour.[1] La haine se changea en un soulèvement, et la guerre civile éclata. *Le dessein de faire fortune, le désir de rendre leur vie commode et agréable et l'envie d'abaisser* le cardinal Mazarin furent *les causes de toute la valeur que déployèrent les* Frondeurs [2], les humiliations qu'ils infligèrent à la cour qui ne pouvait se décider à renvoyer le ministre, *ne furent que les effets de l'humeur et des passions.*[3] *Toutes les vertus* des Frondeurs, comme celles de ceux qui restèrent fidèles à Mazarin, *se perdirent dans l'intérêt, comme les fleuves se perdent dans la mer.*[4]

---

[1] Maxime 55.
[2] Maxime 213.
[3] Maxime 7.
[4] Maxime 171.

Dans le cours de la guerre, le cardinal Mazarin ne se trouvant plus en sûreté à Paris, avait résolu « de concert avec Monsieur et Monsieur le Prince, d'en former le siège, après avoir mené le roi à Saint-Germain. Cette entreprise ne se pouvait exécuter par les formes ordinaires: les conséquences en étaient trop périlleuses et trop préjudiciables à l'État. Le roi avait peu de troupes; mais on crut qu'il en avait assez pour occuper les passages et pour réduire cette grande ville par la faim. On croyait qu'elle serait divisée par les cabales, et que, manquant de chefs, de troupes réglées et de toutes provisions, elle recevrait la loi qu'on lui voudrait imposer.... Ce départ du roi, si précipité, mit un trouble et une agitation dans l'esprit du peuple et du Parlement qui ne se peut représenter. Ceux mêmes qui avaient pris le plus de mesures contre la cour furent ébranlés, et le moment de décider leur parut terrible. Le Parlement et le corps de Ville députèrent à Saint-Germain pour témoigner leur crainte et leur soumission.[1] » N'étant pas maîtres de leur peur, une partie des Frondeurs ne *voulurent pas s'exposer autant qu'il était nécessaire pour faire réussir le dessein* des insurgés[2]; *par crainte de quelque mauvais événement*, par exemple du siège et de la famine, ils cherchèrent *à se réconcilier* avec la cour.[3] Les Frondeurs que la peur avait poussés à se soumettre, restèrent « unis au cardinal, tant que les princes demeurèrent (enfermés) à Vincennes et à Marcoussy, dans l'espérance de les avoir en leur pouvoir. » Mais ils « la perdirent entièrement, lorsqu'ils les virent conduire au Hâvre. Ils cachèrent toutefois leur ressentiment contre lui (Mazarin) sous les mêmes apparences dont ils s'étaient servis pour cacher leurs liaisons; car bien que depuis la prison des princes, ils eussent essayé de tirer sous main tous les avantages possibles de leur réconciliation avec le cardinal, ils affectaient toujours néanmoins de son consentement de faire croire qu'ils n'avaient point changé le dessein de le perdre, afin de conserver leur crédit parmi le peuple.[4] »

Lorsque Mazarin fut sorti du royaume pour se rendre à Brühl, près de Cologne, on put croire que les mécontents seraient satisfaits, que le calme règnerait de nouveau en France. Il n'en fut rien. L'*envie* de ceux qui voulaient se mettre à la place du cardinal, ou qui avaient compté profiter de n'importe quelle façon de son éloignement, *dura plus longtemps que le bonheur de celui qu'ils enviaient* [5]; *l'envie fut plus irréconciliable que la haine* [6], et les Frondeurs, qui continuèrent la guerre, le firent

[1] *Mémoires*, p. 112.
[2] Maxime 219.
[3] Maxime 82.
[4] *Mémoires*, p. 214.
[5] Maxime 476.
[6] Maxime 328.

poussés plutôt *par l'envie que par l'intérêt.*[1] « Les querelles ne dureraient pas longtemps, si le tort n'était que d'un côté.[2] » Les Frondeurs eurent le tort de ne pas se contenter de la chute de Mazarin et de rallumer le flambeau de la guerre civile qui devait leur être bien funeste.

Le théâtre de la guerre fut, à la reprise des hostilités, principalement l'ouest de la France, la Guyenne, la Saintonge, le Poitou et l'Anjou. Les deux partis levèrent à leurs frais des troupes, dont *la valeur n'était qu'un métier pour gagner la vie.*[3] La cour elle-même se transporta d'abord à Poitiers, ensuite à Angers, « où le duc de Rohan avait fait soulever le peuple. Cette ville et la province s'étaient déclarées pour Monsieur le Prince dans le même temps que Monsieur le duc d'Orléans et le Parlement de Paris se joignirent à lui contre les intérêts de la cour. Il semblait que toute la France était en suspens pour attendre l'événement de ce siège qui pouvait avoir de grandes suites, si sa défense eût été assez vigoureuse ou assez longue pour arrêter le roi; car, outre que Monsieur le Prince eût pu s'assurer des meilleures places des provinces voisines, il est certain que l'exemple de Monsieur le duc d'Orléans et du Parlement aurait été suivi par les plus considérables corps du royaume, si la cour eût été contrainte de lever ce siège.[4] » En effet, « rien n'est si contagieux que l'exemple, et nous ne faisons jamais de grands biens ni de grands maux qui n'en produisent de semblables.[5] » A la fin de la guerre de Guyenne, Condé alla à Paris; sur son chemin il passa près de Montargis « qui se rendit sans résistance. On le quitta de bonne heure, parce qu'il était rempli de blé et de vin, dont on se pouvait servir au besoin et aussi pour donner un exemple de douceur qui pût produire quelque effet avantageux pour le parti dans les autres villes.[6] »

Pendant la dernière guerre de Paris, Condé fit une sortie avec huit ou dix mille bourgeois de la capitale pour s'emparer de la ville de Saint-Denis, défendue par deux cents Suisses. L'expédition réussit, et, quoique la ville fût reprise par les troupes du roi, le jour même du retour de Condé à Paris, ce fait « ne laissa pas de disposer le peuple en faveur de Monsieur le Prince: la plupart des bourgeois se vantaient l'avoir suivi à Saint-Denis, et ils lui donnaient d'autant plus volontiers

[1] Maxime 486.
[2] Maxime 496.
[3] Maxime 214.
[4] *Mémoires*, p. 325.
[5] Maxime 230.
[6] *Mémoires*, p. 364.

des louanges, qu'ils en attendaient de lui, en le prenant pour témoin de leur courage dans un péril imaginaire, et où personne n'avait été exposé.[1] » Les bourgeois de Paris *louaient* donc *pour être eux-mêmes loués.*[2]

Dès que Condé fut arrivé de Guyenne à Paris, il « fut ennuyé de soutenir une guerre si pénible »; il désira la paix, et chercha « les moyens de faire un traité aussi avantageux qu'il se l'était proposé. Monsieur de Rohan et Monsieur de Chavigny lui en donnèrent de grandes espérances, pour l'obliger à se reposer sur eux du soin de cette négociation. Ils lui proposèrent de les laisser aller à Saint-Germain avec Goulas, secrétaire des commandements de Monsieur le duc d'Orléans et de les charger seuls des intérêts de ces deux princes..... Ces Messieurs allèrent à Saint-Germain.... Peu de gens doutaient du succès du voyage de ces Messieurs, parce qu'il n'y avait point d'apparence qu'un homme habile comme Monsieur de Chavigny et qui connaissait la cour et le cardinal Mazarin par tant d'expériences, se fût engagé à une négociation d'un tel poids après l'avoir ménagée trois mois, sans être assuré de l'événement. Cette opinion ne dura pas longtemps: on apprit par le retour de ces députés que non seulement ils avaient traité avec le cardinal Mazarin, contre les ordres publics qu'ils en avaient, mais même qu'au lieu de demander pour Monsieur le Prince ce qui était porté dans leur instruction, ils n'avaient insisté principalement que sur l'établissement d'un conseil nécessaire, presque en la même forme de celui que le feu roi avait ordonné en mourant: moyennant quoi ils devaient porter Monsieur le Prince à consentir que le cardinal Mazarin, suivi de Monsieur de Chavigny, allât traiter la paix générale au lieu de Monsieur le Prince, et qu'il pût revenir en France après sa conclusion. Comme ces propositions étaient fort éloignées des intérêts et des sentiments de Monsieur le Prince, il les reçut avec aigreur contre Monsieur de Chavigny et se résolut de ne lui donner plus aucune connaissance de ce qu'il traiterait secrètement avec la cour.[3] » La Rochefoucauld donne le motif de ce mécontentement de Condé par la maxime 278. « Ce qui fait, dit-il, que l'on est souvent mécontent de ceux qui négocient, est qu'ils abandonnent presque toujours l'intérêt de leurs amis pour l'intérêt du succès de la négociation, qui devient le leur, par l'honneur d'avoir réussi à ce qu'ils avaient entrepris.[4] »

Un des épisodes les plus intéressants de la dernière guerre de Paris fut la leçon que donna Turenne au duc Charles III de Lorraine. Ce dernier était venu

---

[1] *Mémoires*, p. 377.
[2] Maxime 146.
[3] *Mémoires*, p. 379.
[4] Maxime 278.

secourir l'armée de Condé enfermée dans Paris; d'un autre côté, il traitait aussi avec la cour. Cependant celle-ci commença à se lasser des finesses du duc, de son manque de franchise, de *la défiance* dont il faisait preuve, et il *fut puni par la tromperie.*[1] « Néanmoins, remarque La Rochefoucauld, comme *on n'est jamais si facile à être surpris que quand on songe trop à tromper les autres*[2], Monsieur de Lorraine, qui croyait trouver ses avantages et toutes ses sûretés dans les négociations continuelles qu'il ménageait avec la cour, avec beaucoup de mauvaise foi pour elle et pour le parti des princes, vit tout d'un coup l'armée du roi marcher à lui, et il fut surpris, lorsque Monsieur de Turenne lui manda qu'il le chargerait, s'il ne décampait et ne se retirait en Flandres. Les troupes de Monsieur de Lorraine n'étaient pas inférieures à celles du roi, et un homme qui n'eût eu soin que de sa réputation, eût pu raisonnablement hasarder un combat, mais quelles que fussent les raisons de Monsieur de Lorraine, elles lui firent préférer le parti de se retirer avec honte et de subir ainsi le joug que Monsieur de Turenne lui voulut imposer.[3] »

Après le combat du faubourg Saint-Antoine, on vit que la guerre n'était d'aucune utilité. « Tout le monde, écrivit La Rochefoucauld à son ami Lenet, le 8 septembre 1652, veut la paix, et, pourvu qu'on l'ait, on ne se soucie pas lequel des deux partis ait l'avantage. Le Parlement, par-dessus tous est si las de la guerre et des désordres, que s'il n'était un peu soutenu, il n'y a point presque de parti qu'il ne prît pour y parvenir.[4] » Le Parlement se sépara donc de Condé moins par *un dessein formé de le trahir que par faiblesse.*[5] *L'ambition* qu'avait eue le Parlement au commencement des troubles *n'en eut plus la moindre apparence, maintenant qu'elle se rencontra dans une impossibilité absolue d'arriver où elle aspirait.*[6] *Quelque honte qu'il eût méritée*, il s'efforça d'obtenir le pardon de sa révolte et *de rétablir sa réputation* auprès du roi par une soumission parfaite.[7] En général, *l'humeur* avait soulevé la Fronde, mais *la fortune* ne l'avait pas dirigée vers le but que les mécontents espéraient atteindre.[8] « Quatre éléments y avaient été en lutte : la royauté, l'aristocratie, la magistrature et la bourgeoisie. Le Parlement, privé de toute

---

[1] Maxime 86.

[2] Maxime 117.

[3] *Mémoires*, p. 396.

[4] *Lettres de La Rochefoucauld. Œuvres complètes de La Rochefoucauld.* Édition Chassang, II, p. 421.

[5] Maxime 120.

[6] Maxime 91.

[7] Maxime 412.

[8] Cf. Maxime 435.

autorité politique, fut réduit pour plus d'un siècle à l'humble rôle de cour judiciaire; l'aristocratie, renonçant aux traditions féodales, ne fut plus qu'un ornement de la cour ou un instrument des victoires; la bourgeoisie, trompée dans ses espérances, rentra dans l'ombre, remettant à d'autres temps son triomphe sur la noblesse et sur la monarchie absolue. En dernière analyse, la Fronde, qui avait eu pour prétexte le mauvais gouvernement de Mazarin, eut pour résultat immédiat la puissance du cardinal, et pour résultat éloigné le triomphe du pouvoir royal, sans compter que les mœurs, les idées, la littérature et la langue prirent un caractère tout nouveau.[1] »

Liaisons de plusieurs femmes.

A peine sorti de l'enfance, La Rochefoucauld avait commencé à prendre une part très active aux principaux événements qui signalèrent la fin du règne de Louis XIII. Sur le seuil de sa vie politique, il avait rencontré les demoiselles de Hautefort et de Chemerault; mais ce fut surtout avec la duchesse de Chevreuse, qu'il fut « dans une grande liaison d'amitié.[2] » Pendant la Fronde, il eut avec une autre femme, avec la duchesse de Longueville, les rapports les plus intimes. Après les troubles, il fut un des habitués du salon de Madame de Sablé, qui éveilla en lui le goût des maximes. Enfin dans les dernières années de sa vie, ce fut encore une femme, Madame de Lafayette, qui fit luire plusieurs fois un rayon de joie dans la chambre du vieux Frondeur tourmenté par la goutte et affligé de la perte de ceux qui lui étaient chers. Elle exerça un ascendant très salutaire sur le duc. « Monsieur de La Rochefoucauld, dit-elle, m'a donné de l'esprit; mais j'ai réformé son cœur.[3] » Dès son entrée dans la carrière politique jusqu'à la fin de ses jours, La Rochefoucauld eut donc à subir l'influence des femmes. « On pourrait donner, dit Sainte-Beuve, à chacune des quatre périodes de la vie de Monsieur de La Rochefoucauld le nom d'une femme, comme Hérodote donne à chacun de ses livres le nom d'une muse. Ce seraient Madame de Chevreuse, Madame de Longueville, Madame de Sablé, Madame de Lafayette: les deux premières, héroïnes d'intrigue et de roman; la troisième, amie moraliste et causeuse; la dernière, revenant, sans y viser, à l'héroïne par une tendresse tempérée de raison, repassant, mêlant les nuances, et les enchantant comme dans un dernier soleil.[4] »

---

[1] Mury. *Précis de l'histoire politique et religieuse de la France*, II, p. 347.
[2] Voir plus haut, p. 11.
[3] *Segraisiana*, p. 28.
[4] Sainte-Beuve, 1840, dans l'édition des *Maximes de La Rochefoucauld*, par Garnier, p. IV.

Étant toujours en rapport avec des femmes, « il en a bien connu le fond », écrit Madame de Sévigné.[1] Vinet pose la question : « Jusqu'à quel point l'époque où l'auteur a vécu a-t-elle influé sur la tendance des *Maximes*? », et il répond : « Cette action est manifeste, du moins quant aux jugements que l'auteur a portés sur les femmes.[2] » En effet, les impressions que La Rochefoucauld a eues des femmes qu'il a connues personnellement ne sont pas à leur louange, et ces impressions ont été traduites en maximes, comme les jugements qu'il a portés sur la Fronde.

La Rochefoucauld fut trompé par les duchesses de Chevreuse et de Longueville, et il apprit les liaisons qu'entretint la duchesse de Chevreuse avec le duc de Lorraine Charles III[3]; avec le duc de Chalais[4]; avec le comte d'Hollande, ambassadeur anglais, chargé de négocier le mariage entre Charles Ier d'Angleterre et Henriette-Marie de France[5]; avec le vieux Châteauneuf[6]; avec le gentilhomme anglais Montaign[7]; avec Alexandre de Campion[8]; avec un autre gentilhomme anglais Guillaume Craft[9]; avec le marquis de Laigues[10]; avec Retz.[11] La fille de Madame de Chevreuse, Charlotte-Marie de Lorraine, fut digne de sa mère; car elle fit beaucoup parler d'elle par ses aventures galantes.[12]

La duchesse de Longueville eut des relations intimes non seulement avec La Rochefoucauld[13], mais encore avec Coligny[14] et le duc de Nemours.[15]

La reine Anne d'Autriche avait d'abord « souffert » le duc de Montmorency et le duc de Bellegarde; mais ceux-ci « furent méprisés », lorsqu'au dire de La Rochefoucauld, elle fut éprise du duc de Buckingham. Cette *passion fit faire des folies au diplomate* anglais ainsi qu'à la reine.[16] « Ils employèrent la première audience de cérémonie à parler d'affaires qui les touchaient plus vivement que celles des

---

[1] *Lettres de Madame de Sévigné*, édition Monmerqué, IX, p. 196.
[2] Vinet. *Moralistes des XVIe et XVIIe siècles*, p. 196.
[3] *Mémoires*, p. 5.
[4] *Mémoires*, p. 6.
[5] *Mémoires*, p. 8.
[6] Voir Cousin. *Madame de Chevreuse*, p. 93.
[7] *Mémoires*, p. 71, note 2.
[8] *Mémoires*, p. 71, note 3.
[9] Voir Cousin. *Madame de Chevreuse*, p. 115.
[10] *Mémoires*, p. 111.
[11] *Mémoires*, p. 221. Voir plus haut, p. 46.
[12] Voir les *Mémoires du cardinal de Retz*, I, p. 261, II, p. 157.
[13] Voir plus haut, p. 13 et suivantes.
[14] Voir Cousin. *La jeunesse de Madame de Longueville*, p. 271.
[15] *Mémoires*, p. 353. Voir plus haut, p. 16.
[16] Maxime 6.

deux couronnes, et ils ne furent occupés que des intérêts de leur passion.[1] » La reine s'attira la haine et la vengeance de Richelieu[2]; « on ne songea plus qu'à conclure promptement le mariage et à faire partir le duc de Bouquinquan. Lui, de son côté, retardait le plus qu'il lui était possible et se servait de tous les avantages de sa qualité pour voir la reine sans ménager les chagrins du roi; et même, un soir que la cour était à Amiens, et que la reine se promenait assez seule dans un jardin, il y entra avec le comte d'Hollande, dans le temps que la reine se reposait dans un cabinet; ils se trouvèrent seuls; le duc de Bouquinquan était hardi et entreprenant; l'occasion était favorable, et il essaya d'en profiter avec si peu de respect, que la reine fut contrainte d'appeler ses femmes et de leur laisser voir une partie du trouble et du désordre où elle était. Le duc de Bouquinquan partit bientôt après, passionnément amoureux de la reine et tendrement aimé d'elle; il la laissait exposée à la haine du roi et aux fureurs du cardinal de Richelieu, et il prévoyait que leur séparation devait être éternelle. Il partit enfin sans avoir eu le temps de parler en particulier à la reine; mais par un emportement que l'amour seul peut rendre excusable, il revint à Amiens le lendemain de son départ, sans prétexte et avec une diligence extrême. La reine était au lit: il entra dans sa chambre, et, se jetant à genoux devant elle et fondant en larmes, il lui tenait les mains; la reine n'était pas moins touchée, lorsque la comtesse de Lannoy, sa dame d'honneur, s'approcha du duc de Bouquinquan et lui fit apporter un siège, en lui disant qu'on ne parlait point à genoux à la reine. Elle fut témoin du reste de la conversation qui fut courte. Le duc de Bouquinquan remonta à cheval en sortant de chez la reine et reprit le chemin de l'Angleterre. On peut croire aisément ce qu'une conduite si extraordinaire fit dans la cour, et quels prétextes elle fournit au cardinal pour aigrir encore le roi contre la reine.[3] » *La jalousie* du roi *se nourrit* d'abord *dans les doutes, et elle devint fureur, sitôt qu'il passa du doute à la certitude*[4]; mais la reine ne se corrigea pas. Lorsque La Rochefoucauld put revenir à la cour, parce que la disgrâce de son père avait cessé, « on accusait la reine d'avoir une intelligence avec le marquis de Mirabel, ministre d'Espagne. On en fit un crime d'État à la reine, et elle se vit exposée à une sorte de persécution qu'elle n'avait pas encore éprouvée: plusieurs de ses domestiques furent arrêtés, ses cassettes furent

---

[1] *Mémoires*, p. 8.
[2] Voir plus haut, p. 32.
[3] *Mémoires*, p. 9.
[4] Maxime 32.

prises, Monsieur le chancelier l'interrogea comme une simple criminelle, on proposa de la renfermer au Hâvre, de rompre son mariage et de la répudier.[1] »

Le favori de Louis XIII, Cinq-Mars, « était étroitement engagé avec Madame la princesse Marie, depuis reine de Pologne[2], qui était une des plus aimables personnes du monde. Dans le temps que sa vanité devait être le plus flattée de plaire à cette princesse, elle, de son côté, souhaitait ardemment de l'épouser, et dans ce temps, dis-je, où l'un et l'autre paraissaient entraînés par la violence de leur passion, le caprice, qui dispose presque toujours de la fidélité des amants, retenait depuis longtemps la princesse Marie dans un attachement particulier pour ***, et Monsieur le Grand aimait éperdument Mademoiselle de Chemerault; il lui persuadait même qu'il avait dessein de l'épouser, et il lui en donnait des assurances par des lettres qui ont causé de grandes aigreurs après sa mort entre Madame la princesse Marie et elle, dont j'ai été témoin.[3] » *Cette inconstance venait de la légèreté de leur esprit ou de leur faiblesse qui leur faisait recevoir trop facilement les opinions d'autrui.*[4] Cinq-Mars et Marie de Gonzague n'avaient pas *le véritable amour* qui déjà est *très rare;* à plus forte raison n'eurent-ils pas *la véritable amitié qui l'est encore davantage.*[5]

La duchesse de Montbazon recherchait et agréait les hommages du duc de Guise[6], du duc de Beaufort[7] et du duc de Longueville.[8] Elle haïssait la femme de ce dernier, la duchesse de Longueville, et elle voulut un jour lui causer un grand désagrément. « Il ne peut y avoir de règle dans l'esprit, ni dans le cœur des femmes, si le tempérament n'en est d'accord.[9] » Elle répandit dans le grand monde que des lettres amoureuses qui avaient été perdues chez elle, venaient de Coligny et de Madame de Longueville, et que ces lettres prouvaient leur intelligence. La duchesse de Montbazon fut convaincue de calomnie à tel point qu'elle fut obligée de demander pardon de sa faute à l'hôtel de Condé, en présence de « toutes les personnes de la plus grande qualité.[10] »

---

[1] *Mémoires*, p. 27.

[2] « Marie-Louise de Gonzague, née en 1612, fille aînée de Charles duc de Nevers, puis duc souverain de Mantoue, et sœur de la célèbre princesse Palatine. Elle fut à deux reprises reine de Pologne, ayant épousé Wladislas VII en 1645, puis le frère de celui-ci, Casimir V, en 1649. Elle mourut à Varsovie en 1667. » *Mémoires*, p. 43, note 4.

[3] *Mémoires*, p. 43.

[4] Maxime 181.

[5] Maxime 473.

[6] Voir Cousin. *La jeunesse de Madame de Longueville*, p. 261.

[7] *Mémoires*, p. 82.

[8] *Œuvres complètes de La Rochefoucauld*, édition Chassang, I, p. 107, note 2

[9] Maxime 346.

[10] *Mémoires*, p. 85.

Madame de Longueville eut une rivale non seulement en la duchesse de Montbazon, mais encore en la duchesse de Châtillon « qui se fit par son esprit et sa coquetterie cent adorateurs, entre autres Condé, Nemours et le duc de Mecklenbourg, qui l'épousa en 1664.[1] » La Rochefoucauld lui-même entra aussi « dans une liaison étroite » avec elle.[2] L'*esprit* de la duchesse de Châtillon *servit plus à fortifier sa folie que sa raison.*[3] « L'émulation que la beauté et la galanterie produisent souvent parmi les dames, avait causé une aigreur extrême entre Madame de Longueville et Madame de Châtillon. Elles avaient longtemps caché leurs sentiments.[4] » — « On fait souvent vanité des passions, même les plus criminelles; mais l'envie est une passion timide et honteuse que l'on n'ose jamais avouer.[5] » L'*envie* de ces deux dames *fut plus irréconciliable que la haine*[6]; *par leur envie elles montrèrent qu'elles n'étaient pas nées avec de grandes qualités*[7], et *la vanité ne put pas leur servir à supporter les douleurs si aiguës que leur causait la jalousie.*[8] Toutes les deux, elles voulaient gagner le cœur du duc de Nemours; aussi *leur envie fut-elle une fureur qui ne put souffrir le bien de l'autre.*[9] Leurs sentiments « parurent enfin avec éclat de part et d'autre; et Madame de Châtillon ne borna pas seulement sa victoire à obliger Monsieur de Nemours de rompre la liaison qu'il avait avec Madame de Longueville: elle voulut ôter aussi à Madame de Longueville la connaissance des affaires, et disposer seule de la conduite et des intérêts de Monsieur le Prince.[10] » L'*amour d'elle-même régnait donc principalement dans l'amour* dont Madame de Châtillon brûlait pour le duc de Nemours.[11] Celui-ci, de son côté, ne repoussa pas les avances de la coquette; il voulait également se servir d'elle, de la légèreté de ses mœurs pour favoriser ses intérêts.[12] Il croyait en effet pouvoir « régler la conduite de Madame de Châtillon envers Monsieur le Prince, lui inspirer les sentiments qu'il voudrait, et ainsi disposer de l'esprit de Monsieur le Prince par le pouvoir qu'il avait sur celui de Madame de Châtillon.[13] » En même

---

[1] *Mémoires*, p. 259, note 2.
[2] *Mémoires*, p. 391.
[3] Maxime 340.
[4] *Mémoires*, p. 390. Voir aussi les *Mémoires de Madame de Motteville*, IV, p. 9.
[5] Maxime 27.
[6] Maxime 328.
[7] Maxime 433.
[8] Maxime 446.
[9] Maxime 28.
[10] *Mémoires*, p. 390.
[11] Maxime 262.
[12] Cf. Maxime 253.
[13] *Mémoires*, p. 390.

temps que cette dernière briguait l'amitié du duc de Nemours, elle faisait naître dans l'esprit de Condé « le désir de la paix par des moyens plus agréables. Elle crut qu'un si grand bien devait être l'ouvrage de sa beauté; et, mêlant de l'ambition avec le dessein de faire une nouvelle conquête, elle voulut en même temps triompher du cœur de Monsieur le Prince et tirer de la cour les avantages de la négociation.[1] »

Les femmes, dont nous venons de décrire la conduite, justifiaient bien par leur genre de vie le jugement de La Rochefoucauld: « le moindre défaut des femmes qui se sont abandonnées à faire l'amour, c'est de faire l'amour.[2] » C'est à leur légèreté que peuvent s'appliquer les maximes suivantes: « Il n'y a point de déguisement qui puisse longtemps cacher l'amour où il est, ni le feindre où il n'est pas.[3] » — « On peut trouver des femmes qui n'ont jamais eu de galanterie, mais il est rare d'en trouver qui n'en aient jamais eu qu'une.[4] » — « Dans les premières passions, les femmes aiment l'amant, et dans les autres, elles aiment l'amour.[5] » — « L'amour, tout agréable qu'il est, plaît encore plus par les manières dont il se montre, que par lui-même.[6] » — « On ne compte d'ordinaire la première galanterie des femmes que lorsqu'elles en ont une seconde.[7] » — « L'amour, aussi bien que le feu, ne peut subsister sans un mouvement continuel; et il cesse de vivre dès qu'il cesse d'espérer ou de craindre.[8] » — « Il est du véritable amour comme de l'apparition des esprits: tout le monde en parle, mais peu de gens en ont vu.[9] » — « Ce qui se trouve le moins dans la galanterie, c'est de l'amour.[10] » — « La plupart des honnêtes femmes sont des trésors cachés, qui ne sont en sûreté que parce qu'on ne les cherche pas.[11] » — « Si on croit aimer sa maîtresse pour l'amour d'elle, on est bien trompé.[12] » — « Ce qui fait que la plupart des femmes sont peu touchées de l'amitié, c'est qu'elle est fade, quand on a senti de l'amour.[13] » — « Dans l'amitié, comme dans l'amour, on est souvent plus heureux

[1] *Mémoires*, p. 390.
[2] Maxime 131.
[3] Maxime 70.
[4] Maxime 73.
[5] Maxime 471.
[6] Maxime 501.
[7] Maxime 499.
[8] Maxime 75.
[9] Maxime 76.
[10] Maxime 402.
[11] Maxime 368.
[12] Maxime 374.
[13] Maxime 440.

par les choses qu'on ignore, que par celles que l'on sait.[1] » — « Le plaisir de l'amour est d'aimer, et l'on est plus heureux par la passion que l'on a, que par celle que l'on donne.[2] » — « La jalousie naît toujours avec l'amour, mais elle ne meurt pas toujours avec lui.[3] » — « Les femmes ne connaissent pas toute leur coquetterie.[4] » — « Les femmes croient souvent aimer, encore qu'elles n'aiment pas. L'occupation d'une intrigue, l'émotion d'esprit que donne la galanterie, la pente naturelle au plaisir d'être aimées, et la peine de refuser, leur persuadent qu'elles ont de la passion, lorsqu'elles n'ont que de la coquetterie.[5] » — Les femmes peuvent moins surmonter leur coquetterie que leur passion.[6] » — « Les coquettes se font honneur d'être jalouses de leurs amants, pour cacher qu'elles sont envieuses des autres femmes.[7] » — « On garde longtemps son premier amant, quand on n'en prend point de second.[8] » — « Il ne sert de rien d'être jeune sans être belle, ni d'être belle sans être jeune.[9] » — « Ceux qui ont eu de grandes passions se trouvent toute leur vie heureux et malheureux d'en être guéris.[10] » — « Quand on a le cœur encore agité par les restes d'une passion, on est plus près d'en prendre une nouvelle, que quand on est entièrement guéri.[11] » — « Il y a peu de femmes dont le mérite dure plus que la beauté.[12] » — « Dans l'amour, la tromperie va presque toujours plus loin que la méfiance.[13] »

Les conclusions pratiques, qui découlent de ces observations psychologiques, sont que « les infidélités devraient éteindre l'amour [14] » ; *que ce n'est que le véritable amour qui détruit la coquetterie* [15], *et qui empêche la jalousie* [16] ; *que l'amant doit voir quand on cesse de l'aimer* [17] ; *qu'il y a plusieurs remèdes qui guérissent de*

[1] Maxime 441.
[2] Maxime 259.
[3] Maxime 361.
[4] Maxime 332.
[5] Maxime 277.
[6] Maxime 334.
[7] Maxime 406.
[8] Maxime 396.
[9] Maxime 497.
[10] Maxime 485.
[11] Maxime 484.
[12] Maxime 474.
[13] Maxime 335.
[14] Maxime 359.
[15] Maxime 376.
[16] Maxime 336.
[17] Maxime 371.

l'amour; mais qu'il n'y en a point d'infaillible[1]; *qu'en amour celui-là est toujours le mieux guéri, qui est guéri le premier.*[2]

Opinion de La Rochefoucauld sur l'honnêteté et la fidélité des femmes.

Cependant il faut dire à la louange du sexe que du temps de La Rochefoucauld, toutes les femmes ne ressemblaient pas à des duchesses de Montbazon, de Châtillon, de Chevreuse, de Longueville. Il y a eu au XVIIe siècle, comme dans tous les temps, de ces héroïnes de pudeur et de chasteté qui pratiquèrent les vertus chrétiennes, même les conseils évangéliques, à un degré de perfection que n'atteint pas le simple vulgaire. Nous n'avons qu'à rappeler les filles des François de Sales et des Vincent de Paul. D'autres à tout le moins évitaient le scandale, et, si elles étaient mariées, gardaient la foi que, devant les autels, elles avaient promise à leurs époux. Sous ce rapport il suffit de citer les noms de Madame de Sévigné, de Madame de Sablé, de Madame de Lafayette. Mais les femmes, avec lesquelles La Rochefoucauld avait été en relation dans sa jeunesse, lui avaient laissé une impression si fâcheuse contre tout leur sexe, qu'elle ne put plus s'effacer. S'il y a des femmes honnêtes, si elles *ne mettent pas en pratique la coquetterie, qui*, d'après l'auteur des *Maximes*, *est le fond de l'humeur* de toutes les femmes, c'est qu'elles sont retenues *par la crainte ou par la raison.*[3] « Nos vertus ne sont le plus souvent que des vices déguisés.[4] » — « Ce que nous prenons pour des vertus n'est souvent qu'un assemblage de diverses actions et de divers intérêts, que la fortune ou notre industrie savent arranger; et ce n'est pas toujours par chasteté que les femmes sont chastes.[5] » — « La vanité, la honte et surtout le tempérament, font souvent la vertu des femmes.[6] » — « L'honnêteté des femmes est souvent l'amour de leur réputation et de leur repos.[7] » — « La sévérité des femmes est un ajustement et un fard qu'elles ajoutent à leur beauté.[8] » — « Les femmes n'ont

[1] Maxime 459.
[2] Maxime 417.
[3] Maxime 241.
[4] Épigraphe.
[5] Maxime 1.
[6] Maxime 220.
[7] Maxime 205.
[8] Maxime 204.

point de sévérité complète sans aversion.[1] » — « C'est une espèce de coquetterie, de faire remarquer qu'on n'en fait jamais.[2] » — « Il y a peu d'honnêtes femmes qui ne soient lasses de leur métier.[3] »

La fidélité des femmes semble être pour La Rochefoucauld une *inconstance perpétuelle, qui fait que le cœur s'attache successivement à toutes les qualités de la personne qu'elles aiment, donnant tantôt la préférence à l'une, tantôt à l'autre; de sorte que cette constance n'est qu'une inconstance arrêtée et renfermée dans un même sujet.*[4] « Il y a deux sortes de constance en amour: l'une vient de ce que l'on trouve sans cesse dans la personne que l'on aime de nouveaux sujets de l'aimer; et l'autre vient de ce que l'on se fait un honneur d'être constant.[5] » — « La persévérance n'est digne ni de blâme ni de louange, parce qu'elle n'est que la durée des goûts et des sentiments, qu'on ne s'ôte et qu'on ne se donne point.[6] » — « Il y a des rechutes dans les maladies de l'âme comme dans celles du corps. Ce que nous prenons pour notre guérison n'est le plus souvent qu'un relâche ou un changement de mal.[7] » — « La santé de l'âme n'est pas plus assurée que celle du corps, et quoique l'on paraisse éloigné des passions, on n'est pas moins en danger de s'y laisser emporter, que de tomber malade quand on se porte bien.[8] »

Des accusations si graves portées contre toutes les femmes en général, un défi si outrageant lancé à tout le sexe excitèrent de prime abord les plus vives colères, une vraie indignation chez celles qui se sentaient blessées ou qui ne croyaient pas à une corruption si universelle. La Rochefoucauld prévoyait les réclamations que son livre des *Maximes* allait soulever, et, dès la première édition, il tâcha d'enlever leur force aux attaques dont il comptait devenir l'objet, en présentant dans un « avis au lecteur » les principales objections qu'on pouvait faire à ses *Maximes* et en les réfutant à l'avance. Un de ses amis se chargea de composer cet avis au lecteur, sous le nom de « *discours sur les réflexions ou sentences et maximes morales* », et ce fut surtout sous le manteau des Pères de l'Église qu'il mit l'auteur des *Maximes* à couvert.

---

[1] Maxime 333.
[2] Maxime 107.
[3] Maxime 367.
[4] Maxime 175.
[5] Maxime 176.
[6] Maxime 177.
[7] Maxime 193.
[8] Maxime 188.

TABLE DES MATIÈRES.

CURRICULUM VITÆ.

Je suis né le 19 avril 1859 à Fegersheim (Alsace), où mon père, avant de devenir maire de l'endroit, exerçait les fonctions d'instituteur, qui furent héréditaires dans ma famille pendant plus de deux cents ans. On m'imposa les prénoms de Marie-Auguste-*Léon*, et je fus élevé dans la religion catholique. Mon père, après m'avoir enseigné lui-même les premiers éléments du français, de l'allemand, du latin et du grec, me plaça en 1870 au petit séminaire de Strasbourg, pour y continuer mes études. Après que cet établissement eut été fermé en 1874, j'entrai au grand séminaire de la même ville pour y suivre les cours de philosophie et de théologie. En 1879, j'acceptai les fonctions de professeur de troisième au collège de Saint-Jean d'Angély (Charente-Inférieure). L'année suivante, je revins dans mon pays natal, et je fréquentai à l'Université de Strasbourg des cours de philologie classique et romane ainsi que des cours d'histoire. De 1881 à 1883 je poursuivis l'étude de ces branches à l'Université de Munich. Quand, au mois d'avril 1883, le gymnase épiscopal s'ouvrit à Strasbourg dans les bâtiments de l'ancien petit séminaire, j'y fus chargé d'abord à titre provisoire, puis (1887) d'une manière définitive des fonctions de professeur. J'ai publié jusqu'à présent, outre plusieurs articles parus dans différentes revues, les travaux suivants :

1887. *S[i] Sophronii Anacreonticorum carmen XIV*, primum edidit Leo Ehrhard (Programme) ;

1888. *Lebensskizze des Kanonikus Axinger*. Strassburg. E. Bauer ;

1890. *Anstellungsurkunden einiger Lehrer zu Fegersheim 1735—1825*. (Supplément à l'*Ecclesiasticum Argentinense*. 1890. N° 4) ;

Id. *Trauerrede zur Erinnerung an Bischof Dr. Stumpf*, 2. Auflage. Strassburg. Le Roux ;

Id. *Das Wichtigste vom Invaliditäts- und Altersversicherungsgesetz*. 25. Tausend. Strassburg. Agentur Herder.

Strasbourg, typographie de E. Bauer, Grand'rue, 101.

www.ingramcontent.com/pod-product-compliance
Ingram Content Group UK Ltd.
Pitfield, Milton Keynes, MK11 3LW, UK
UKHW031056260726
13965UKWH00006B/1423